今はなき以下の両名に、愛を込めてこの本を捧げる

ダグ・ターノ——私がこれまでに知る最も勇敢な少年

ジャック・ボーランド師——私がこれまでに知る最も勇敢な偉人

目次

主な登場人物

ジョン・ハーディング……ミレニアム・ユナイテッド社の社長。
親友の頼みでリトルリーグチーム、エンジェルズの監督を務めることになる。

ティモシー・ノーブル……身体は小さいけれど、明るく元気ながんばり屋。
エンジェルズのメンバーのひとり。

ビル・ウェスト……ジョンの親友。エンジェルズのコーチ。

サリー・ハーディング……ジョンの妻。ジョンをどんなときも応援する心優しい女性。

リック・ハーディング…ジョンとサリーの愛する息子。

ペギー・ノーブル……ティモシーの母親。

メッセンジャー先生……ノーブル母子を温かく見守るボーランドの老医師。

エンジェルズのメンバー

トッド・スティーブンソン……エースピッチャー
ジョン・キンブル……愛称タンク、キャッチャー
アンソニー(トニー)・ズーロ
ポール・テイラー
チャールズ(チャック)・バリオ
ジャスティン・ニュアンバーグ
ロバート(ボブ)・マーフィー
ベン・ロジャーズ
クリス・ラング
ジェフ・ガストン
ディック・アンドロス

※野球を知らない方のために、基礎的な野球用語をカバー裏で解説しております。ご参照ください。

十二番目の天使

すべての人間の人生が、
神によって書かれた、
おとぎ話である

――ハンス・クリスチャン・アンデルセン

1 幸せなひととき……… the good times

外の世界との断絶……自分自身に課した幽閉……。葬式以来、眠ることと人生の終わりを感じながら書斎の椅子にぼんやりと座り続けること以外には、ほとんど何もしていなかった。電話もファックスも回線を切り、外に通じる扉と窓は、すべてしっかりとロックしてあった。友人や隣人たちからの同情の言葉は、もう一言も聞きたくなかった。ただ、長く曲がりくねった私道に次々と乗り入れてきては戻っていく車の流れは、止めようがない。車が静かに近づいてきては、玄関のチャイムがいたたまれないほどに悲しげな音を響かせる。葬式以降それが毎日断続的に続き、あるとき私は発作的に、玄関のチャイムに通じる電線を引きちぎった。

それまでの十七年間、私はとても充実した人生を生きてきていた。それは、ハードワーク、報酬、愛、成功、達成、笑い声、そして感動に満ちた、本当に素晴らしい十七年だった。しかしその頃の私は、それ以上生きることに何の意味も見いだせなくなっていた。まだ四十歳の誕生日も迎えていないというのにである。

ときおり机の前から離れ、書斎の中をあてどもなく歩き回ったりもした。

ふと立ち止まっては、壁のあちこちに掛かっている家族写真に目をやったりもした。思い出……どの写真も、過去の幸せなひととき、喜びに満ちた出来事を、あまりにも鮮明に思い起こさせる。妻と息子の話し声や笑い声が今にも聞こえてきそうだ。望遠鏡よりも涙のほうが、遠くのものをずっと鮮明に見せてくれる……そう書いたのはバイロン卿だっただろうか。

その日も私は、樫の木製の大きな机に向かい、高い背もたれの付いた回転椅子に力なく座っていた。ただしそれまでとは違い、ある明確な意志を持ってである。

私は意を決し、椅子に座ったまま机の右袖の一番下の引き出しを静かに開けた。

黄色い電話帳の上に無造作に置かれた「コルト社製・四十五口径自動回転式拳銃」が目に飛び込んでくる。その前日、ガレージに積んであった段ボール箱の中から、ようやく見つけ出してきた代物《しろもの》だ。十年ほど前にサンホゼの銃砲店で購入したものだが、私がそれを買ったのは、当時私たちが住んでいたカリフォルニア州のサンタクララ郡で、押し込み強盗が頻繁《ひんぱん》に発生していたからだった。

表面に艶《つや》消し加工が施《ほどこ》されたその古い拳銃の隣には、弾丸が詰まった未開封の箱が横たわっていた。私は銃が嫌いだった。一度として好きだったことがない。それが証拠に、銃砲店の地下室で三発の試し撃ちをして以来、その殺人兵器に弾を込めたことは一度もなかった。

私はその忌《い》まわしい装置を机の上に載せ、じっと見つめた。ザラザラとした表面を指でそっと撫《な》でてみる。引き金のすぐ上の平らな銃身部には、後ろ足で立つ馬の小さな彫り物と、「政府モデル／コルト／自動回転／口径四十五」という文字が刻まれている。

続いて私は、親指と人差し指で銃口をつまんでそっと持ち上げ、その物体の表面にもう一度じっくりと視線を走らせた。とそのときである。ある名前が私の絶望を貫いて閃光のように走り、疲れ果てていた私の心をより一層混乱させた。

アーネスト・ヘミングウェイ！　おお、神よ！　子供時代の悪夢が生き生きと蘇《よみがえ》ってきた。

私がヘミングウェイの本に初めて出会ったのは、十歳のときのことだった。ある夏の日に近所の図書館に行き偶然見つけたのだが、その後私は彼の本を次々と読みあさり、『誰がために鐘は鳴る』を二度目に読んだ頃には、あることを強く心に決めていた。

よし、大きくなったら作家になろう。そしてヘミングウェイのように、この世界のあらゆる場所で冒険を見つけ出すんだ。そうやって生きられたらどんなにいいだろう！

私の小さな胸は、大きな希望で満ちあふれたものだった。

ところが……ところがである！　その英雄は、すぐに私を叩きのめした。一九六一年のある日、ショットガンの銃口を頭に当て、引き金を引いたのである！　私は愕然《がくぜん》とするのみだった。

いったい、なぜ！　私には理解できなかった。人間はどうやったらそんなに愚かになれるのだろう。大人たちに尋ねても、納得できる答えは返ってこなかった。なぜ！　なぜ！

いったい人間は、どうして自殺したりするのだろう。しかも私の英雄が、なぜ！　あれほどの知恵と、生きるために必要なものをすべて持っていたはずのあの人が、自分の命を自らの手で絶つなどという愚かな行為に、どうして及んだりしたのだろう……。

私は机の上の拳銃に目を戻した。目に涙があふれてくる。頭を強く振りながら、私は思わず自分のかつての英雄に話し掛けていた。

「許してください。あなたを愚かだと決めつけた私を、許してください！」

私は拳銃から目を離し、机に背を向けた。一枚ガラスの大きな見晴らし窓が目に飛び込んでくる。すぐ外側に白いベランダが見える。ケープコッド・スタイル[※1]の家の裏側全体にせり出した、巨大なベランダだ。

ベランダの先には、美しい緑の芝が一面に敷き詰められた、緩《ゆる》やかな登り斜面が広がっている。数エーカーに及ぶその広大な芝生には、白いアディロンダック椅子[※2]が数脚、ヒマラヤ杉製のピクニック用テーブルとそれを取り囲むベンチ、そして蹄鉄《ていてつ》投げ用のコートと、赤い小旗が付いた高さ六フィートのゴルフピンが二本、バランス良く配置されている。二本のゴルフピンの間隔は百三十ヤードで、アプローチの練習にもってこいだった。

芝生の先には草原があり、植えたばかりのイボタノキの長い垣根が両者を隔てていた。あちらこちらから顔を出した巨大な花崗岩《かこうがん》、背の高いブルーベリーの藪《やぶ》、そして元気なアオガエルたちがたむろする小さな池が、その草原に程良いアクセントを加えている。その草原の先には、松の木や樺《かば》、楓《かえで》の木などが立ち並ぶ森が、見渡す限りに広がっていた。

急に落ちてきた雨が目の前のガラスを叩き始めた。見晴らし窓越しの風景がぼやけ始め、見る間にモネの絵のようになる。四十四エーカーの地上の天国。サリーと私はこの家を見せられて一目で気に入り、その日のうちにもう買っていた。

サリー……私は、あの土曜日と同じ場所に座っていた。あれはわずか一ヶ月前のこと

※1　ケープコッド・スタイル＝Cape Cod 地方で十八～十九世紀初期に発達した小屋建築の様式。長方形の木造一階または一階半建てで、急傾斜の切妻屋根と中央煙突が特徴

※2　アディロンダック椅子＝広幅の羽根板製の頑丈なひじ掛け椅子。通常は戸外で用いる

だった。

一ヶ月前の土曜日、軽やかなステップで書斎に入ってきた彼女はいきなり私に抱きつき、誇らしげに言ったものだ。

「どう？　故郷の英雄さん。皆さんに挨拶する準備はできてる？」

「準備なんかできてないよ。緊張は人一倍してるけどね。もう何年も会ったことのない人たちばかりなんだ。しかしこの町は、なんでこんなことするんだろうな」

「私は当然のことだと思うわ。ボーランドの人たちは、あなたのことをとても誇りに思ってるのよ、ジョン・ハーディングさん。あなたのお父さんとお母さんは、この町で一生を過ごした。そしてあなたは、ここで生まれて学校に行き、ハイスクールの優等生で、最上級クラスでは委員長も務めた。それからこの町を離れて大学に行って、大学野球の全米代表にもなった。そして今、二十年ぶりに戻ってきてここにいる。しかも、コンピューター業界最大の会社の一つ、ミレニアム・ユナイテッド社の新社長としてね。ビジネス界全体があなたを讃《たた》えてるわ。それから……えーと、それから……あなたはこんなに若いわ！」

彼女の演説はとどまる気配を見せなかった。

「この町の人たちがあなたを讃えたがるのは当然のことよ。そうしてはいけない理由なんかどこにもないんだから。こんな狂った世の中で本物の英雄を見つけ出すことは、年々難しくなってきてると思うの。このボーランドに限らず、ニューハンプシャー州のどの町の人たちにも、あなたがこれまでにしてきたことを讃える権利は充分にあるはずよ。この二週間ほどの間に、テレビや雑誌でほとんどの人たちがあなたを見てるわ。なんせあなたは、『グッドモーニング・アメリカ』と『トゥデー・ショー』に出演し、『タイム』にも載ったんですからね。

そして今、この町の人たちはあなたを直接見たがってるの。あなたとじかに会いたがってるの。あなたのお父さん、お母さんを知ってて、子供の頃のあなたを覚えてる人たちは、その思いが特に強いんじゃないかしら。昨日、郵便局でデラニーさんの奥さんと会ったんだけど、彼女は言ってたわ。この町がこんなに大騒ぎになったのは、デリー出身のアラン・シェパード中佐が立ち寄ったとき以来なんですって。宇宙に出た最初のアメリカ人になってすぐ、この町が主催した『焼きはまぐり夕食会』に呼ばれたらしいんだけど、それからもう三十年にもなるらしいわ」

ニューハンプシャーは、サリーにとって初めての土地だった。彼女はテキサス生まれのテキサス育ちだった。私たちはともに、大学を出てすぐ、携帯用計算機を製造していたロスアルトスの会社に就職したが、出会ってから三ヶ月後には結婚していた。私がこれまでの人生で行なった最も賢い選択だった。

　私たちは結婚後、後にシリコンバレーとして知られることになる地域内で、北に南に六、七回は引っ越した。私が出世の階段を上り続けるためには、それが不可欠だったからである。

　サリーは、近代アメリカの女性としてはとても珍しいタイプだった。仕事には就《つ》かず、主婦として、母として、そして私の応援団長として生きること……自分がやりたいことはそれだけだと言い張り、それを貫き通したのである。七年前に健康この上ない息子リックを授かることで、それらの肩書きのすべてが彼女のものになった。しかし私にとって彼女は、それらの肩書きをはるかに超えた存在だった。

　二年前、私はデンバーのビスタ・コンピューター社に、販売担当副社長として招かれた。そして、同社の総売上が二年連続で倍増するという幸運に恵まれた直後、私はまたしてもヘッドハンティングの対象になった。コンピューター・ソフトの製造分野で世界第三の実績を誇るミレニアム社が、私に社長の椅子を提供してきたのである。

　ミレニアム社の取締役会は、同社の二年連続売上減少という事態の中、新しいリーダーを社外に求めるという決断を満場一致で下していた。それは私にとって、まさに夢の実現だった。自分の会社を率いたいという願いと、故郷のニューハンプシャーに戻りたいという願いの双方が一挙に叶うことになったのである。

ミレニアム社は、本社と第一工場の双方をコンコードに置いている。私が生まれ育ったボーランドからそこまでは、近年の道路整備のおかげで、今や車で三十分の距離である。サリーと私は新居をボーランドで探すことにした。

そして私たちは幸運を射止めた。しかしそれにも一つだけ問題があった。その伝統的建築様式の新居に、私たちが持っていたウェスト・コースト調の家具類が全く馴染まなかったのだ。

しかしサリーはひるまなかった。彼女は、アーリーアメリカン風インテリア製品のカタログ類とほとんど徹夜で格闘し、「その前に家計が破綻《はたん》してしまわなければね」という前提付きではあったが、ミレニアム社の重役陣を招く最初のホームパーティーまでには、私たちの新居を「ポール・リビア[※3]でさえ感心するほどの家具類で、立派に飾り立ててみせるわ」と宣言したものだった。

「さてと……」サリーの賞賛の嵐を浴びた後で、私はため息まじりに口を開いた。「確か連中は、中央公園に二時までに来てくれって言ってたよな。だとすると、そろそろ出

※3 ポール・リビア(一七三五〜一八一八)＝米国の銀細工師で愛国者。一七七五年四月十八日の夜、馬を飛ばして英軍の進撃をマサチューセッツの入植者に報じた

掛けなきゃ。息子どのはどこにいるんだい？」

「リックなら居間にいるわ。むっつりした顔でね。土曜日の午後といえば友だちと野球をすることに決まってるのに、今日は大人の相手をさせられるんだから、元気は出ないわよ。今度の水曜が彼の誕生日でよかったわ。点数を稼ごうとして、必死でいい子になろうとしてるみたい」

私は思わず吹き出した。

「さて、それじゃあ出掛けるか。さっさと洗礼を浴びて、いつもの生活に戻るとしよう」

2　絶望のどん底 ……… the utmost depths of anguish and despair

あの土曜日の午後の渋滞は、いまだに記憶に新しい。ボーランドではめったに起こらないことだ。新しく舗装されたばかりのメインストリートは、朝から押し寄せ続けている人たちの臨時駐車場になっていた。両側にずらっと並んだ車の間を、私たちの車は、動いては止まり、また動いては止まりつつ、中央広場に近づいていった。

やがて、マーチングバンドの管楽器と太鼓の音が聞こえ始めた。

ボーランドの起源は一七三〇年代にさかのぼる。典型的なニューイングランドの町で、人口は五千人少々、見かけはまるでハリウッド映画のセットのようである。両側に楓の木が立ち並んだ二車線のメインストリート沿いに、尖った塔を持つ真っ白な古い教会が三つ、小さなレストランが一つ、食料雑貨店と金物店が一つずつ、警察署と町役場関係の事務所が同居する煉瓦《れんが》造りの古い建物が一つ、農民共済組合の支所が一つ、それからガソリンスタンドが二つに、銀行の支店が一つ建っている。そのいわば「繁華街」には、私が大学に進んだ一九六七年以来、新しい建物は何一つ建てられていない。

そこからは四年前に貴重な建物が消え去ってもいた。ページ公立図書館……私のお気に入りの場所だった。火事がその建物を焼き尽くし、巨大な石造りの基礎だけが残された。

それはジョージ王朝風の巨大な建物で、ボーランドが生んだ偉大な工業家、ジェームズ・ページ大佐の遺言に基づいて建てられたものだった。大佐が町のために残した資産は、さらに、その図書館のすべての棚を本で満たすことまで可能にしていた。

しかし残念なことに、その建物が建てられている最中にも、それがボーランドの住民に奉仕し続けた長い年月の間にも、町の役人たちは、その最も美しい建物が万が一の事態に陥ったときの対策を、何一つ立てていなかったようである。焼け落ちた後で様々な手を尽くしたようだが必要な資金が集まらず、結局その小さな町は、焼失した図書館の再建をいつになってもできないままでいた。

メインストリートを挟んでその図書館跡のちょうど真向かいに、ベンチに囲まれた中央広場がある。その広場の北隅にある野外ステージは、今やライトブルーの新しいペンキできれいに衣替えされていた。

「うわー！……」フロントガラスに身を寄せながら、リックが声を上げる。「見てよパパ。あんなにいっぱい人が集まってるよ。みんな僕たちのために集まってるの？　なんか、いやだな。車の中にいちゃだめ？　この中でパパとママの帰りを待っててもいいでしょ？」

メインストリートを横断幕が横切っていた。「ボーランドの誇り、ハーディング家の皆様。ようこそ故郷へ。お帰りなさい！」と書かれている。

その幕を指さしながら私は言った。

「見てごらん、リック。分かるだろ？　ハーディング家の皆様。そう書いてあるよな？」

息子は野球帽のひさしをぐっと引き、下唇を突き出した。

「でもどうして？　僕は何もしてないのに」

「でも、お前はハーディングだよな？　違うか？」

「そうだけど……」

「だったら、お前も共犯者だ。一緒に行くしかないな」

広場前の歩道に立っていた制服姿の警察官が私たちの車に気づいたらしく、こちらに向かって猛烈な勢いで手を振り始めた。彼は、あらかじめ確保しておいたと思われる駐車スペースに、大きな身振りで私たちを導いた。

私たちが車を止め拍手と歓声の中に降り立つと、車を誘導してくれた警察官は、両腕で私たち三人を守るような仕草をしながらうれしそうに話し掛けてきた。

「ようこそいらっしゃいました。私の後ろにピッタリとおつきになってついてらしてください。野外ステージまでお連れします。できれば三人で手をつながれたほうがいいでしょう。この旅の途中でなつかしい友だちを見掛けても、立ち止まって話し込んだりはしないでください。そんなことをしていたら、ステージに着く前に日が暮れてしまいますからね。そのための時間は、後でいくらでも取ることができます。でも今は、まずあそこまで辿《たど》り着くことが先決です」

野外ステージを顎《あご》で指しながら、彼は大声でその演説を締めくくった。

植え替えられたばかりの芝生は、集まった人たちであふれていた。彼らは芝生の上にじかに座っていたのだが、あまりにも混み合っていたために、私たちが歩いていく道筋に座っていた人たちは、私たちを通すためにわざわざ立ち上がらなくてはならなかった。

力強い道案内人の助けを得て私たちがどうにか野外ステージに辿り着くと、そこの階段の下で、白髪《しらが》頭の男が待ち受けていた。

その男は親しげな笑みを浮かべて口を開いた。

「お帰り、ジョン！……」マーチングバンドの演奏をかき消してしまいそうな大声だった。「スティーブ・マーカスだよ。覚えてないかもしれないけど……」

「何を言ってるんだ、スティーブ。もちろん覚えてるさ。われらがクラスの会計係。それから、われらがチームの名レフト。コンコードで法律事務所を開いてるらしいじゃないか。元気そうだな。全然変わってないね。ただしこの頭を除いてだけどな」私はそう言って、彼の髪の毛をわしづかみにした。

ステージ上には折り畳み椅子が半円状に並べられていて、すでに来賓たちが座っていた。私たち三人は、スティーブに導かれてステージに上がった。彼が来賓たちを端から順に紹介してくれた。消防署長、警察署長、ハイスクールの校長、三つの教会の牧師たち、そして三名の行政委員……子供時代からの顔見知りは行政委員の一人だけだった。名前はトーマス・ダフィーといい、元判事で、父の親友だった人である。

「ジョン……」懐かしい重低音が話し掛けてきた。「この晴れ姿を、お前の父さんと母さんにも見せてやりたかったよ。それだけが心残りだ」

「同感です、判事。お元気そうで何よりです」

「お前もな、ぼうず。しかし立派になったもんだ」

来賓席の一番端に座っていた小柄な老婦人をスティーブは紹介しなかった。彼はただ、その婦人の前に立って笑みを浮かべ、「この人、覚えてるか?」と言っただけだった。

私はその人をじっと見つめた。とても小柄な人だった。繊細な花柄のワンピース。きちんと後ろで束ねた美しい銀髪。膝《ひざ》の上にちょこっと載った、小さな白のハンドバッグ。

うつむきかげんで座っていた彼女が、おそるおそる私を見上げた。下唇を微かに震わせ、何かを口にする。聞き取れない。彼女は私に両手を差し出してきた。

「レイ先生?……」私は唾を飲み込んだ。「レイ先生ですね?」

彼女はそっと目を閉じ、頷《うなず》いた。私は跪《ひざまず》き、その小学一年のときの担任教師を抱きしめた。彼女は私にとって特別な人だった。私に本への情熱を植え付けてくれたのが、彼女だったのである。それなくして、私が成功の階段を上り続けることはあり得なかった。

「いや、今日は本当に特別な日です!」

私はその大恩人の頬にそっとキスをし、そう言った。レイ先生が頷く。深い皺《しわ》が何本も刻まれた彼女の頬を、涙がつたい落ちている。

私は彼女にサリーを紹介した。

サリーと挨拶を交わした彼女の目が、リックに向けられる。

「この子があなたの息子ね? ジョン」

「はい、リックといいます。今年の秋には三年生になります」

私の元担任教師は、小さな両手でリックの右手を握り、しっかりとした声で話し始めた。「リック、お父さんを誇りに思いなさい。ここにいる私たちみんなと同じようにね。

私たちはね、あなたのお父さんがいつか立派な人になるということを、彼がまだ小さかった頃に、もう分かっていたの」

あっけにとられていたリックが、ようやく口を開いた。

「パパが一年生のときの先生だったんですか？」

「ええ、そうよ。三十年以上も前のことだけどね」

「パパはその頃、頭が良かったんですか？」

「ええ、ものすごくね。すぐに三年生になってもおかしくないくらいだったわ。そのくらい頭が良かったの」

私の肩に誰かの手が乗った。

「歓談中、申し訳ない……」スティーブだった。「すみません、レイ先生。プログラムを進めなくてはなりませんので。ジョン、サリーとリックと一緒に、真ん中の開いている席に座ってくれないか。歓迎会の始まりだ」

私たちは席に着くなり、すぐにまた立ち上がった。栗色と白の見慣れたユニフォームに身を包んだボーランド・ハイスクールのマーチングバンドが、国歌の演奏を開始する。会場に集まった人たち全員が、それに合わせていっせいに歌い出す。

国歌斉唱が終わり、牧師の一人が祈祷文を読み上げる。続いて素晴らしい体格をした女性が登場し、バーブラ・ストライサンドの名曲『追憶』を歌い始める。その間私は、妻と息子を両腕で抱きかかえながら、自分の幸運を神にくり返し感謝し続けていた。

次にダフィー元判事が静かに立ち上がり、ステージ中央のマイクに向かって歩いていった。マイクの前に立った判事は、その位置を自分の手で調整し直してから軽く咳払いし、ゆっくりと話し始めた。

「ボーランドの紳士、淑女の皆様。私たちは今ここに集い、この町の歴史に新しい特別な一章が加えられた瞬間を体験しております。この町が生んだ現代の英雄……驚くほど短期間のうちに成功の階段を上り詰めたこの町の息子を、本日ここでじかに讃えることができるということは、私はもとより、皆様にとっても大きな喜びであるに違いありません。

実は、個人的なことではありますが、私は彼の両親、プリシーラとリーランド・ハーディングの親しい友人の一人でした。私は今、そのことをこうやって皆様に吹聴できることに大きな喜びを感じております。ジョンが生まれたときに彼の父親がどんなに喜んでいたかを、私は今でも鮮明に覚えております。あまりにも喜んでいたために、私と銀行の前で会うや、吸っていた葉巻を、私のシャツのポケットの中でもみ消してしまったほどでした！　ジョンは、彼の最大の誇りでした。プリシーラにとっても同じことです。

もし二人が生きてこの場にいたならば、いったいどんな喜び方をしたでしょう。それを見られないことだけが残念でなりません。

ジョンは、ボーランド・リトルリーグのスター遊撃手でした。彼はまた、全米栄誉学生協会に名を連ねるほどの秀才で、ボーランド・ハイスクールをオールAの成績で卒業してもいます。ハイスクールでの最終学年時には、フットボールと野球の双方でチームのキャプテンを務め、フットボールでは、州代表のフォワードに選ばれています。さらに、野球の才能に至っては、打撃面、守備面双方で他に追随《ついずい》を許さず、この国で一、二を争う野球チームを持つアリゾナ大学から、スポーツ奨学生として招かれるに至りました。

彼の野球の才能はさらに開花し、アリゾナ大での最終学年時には、四割を超える打率を記録し、大リーグのスカウトたちが押し寄せました。ただしそれも、彼の膝の軟骨が引き裂かれるまでのことでした。彼の大リーグ入りの夢は、そうやってつらい終わりを遂げることになったのです……」

私は椅子に座って判事の話を聞きながら、会場の様子を驚いて眺めていた。ときおりむずかり声を上げる赤ん坊以外のほぼ全員が、判事の演説に信じられないほど真剣に耳を傾けていたのである。その種の集会にありがちな「絶え間のないざわめき」が全く聞こえてこないのだ。

歓迎式典が始まってからメインストリートは交通が遮断されており、聞こえてくるのは判事の声だけだった。もっとも、聴衆の心を捕らえていたものが判事の流暢《りゅちょう》な言い回しだったのか、彼の語る私の経歴だったのかは、いまだに不明である。

判事のメモなしの演説がさらに続いた。

「大リーガーへの夢がついえ去ったときの彼の落胆がどんなに大きなものであったか……想像に難《かた》くありません。しかし彼は、それでもなおトップクラスの成績で大学を卒業し、カリフォルニア州のあるハイテク企業に就職しました。そして今、それからわずか二十年たらずにして、野球ならぬビジネスの世界における大リーガーへと上り詰めたのです！

皆様もご存じのように、われらが愛すべきこの若者は、つい最近、あるコンピューター会社の社長兼ＣＥＯ、つまり最高経営責任者に就任いたしました。しかもそれが並の会社ではありません。少なくともこのニューイングランド地方では最大の、年間売上が十億ドルを超える、まさしく巨大企業なのであります！

ちなみに、学校時代に算数がまるっきりだめだったという人のために申し上げますが、十億とは、百万の千倍でございます！

この地方の『コンコード・モニター』や『マンチェスター・ユニオンリーダー』は言うに及ばず、『ウォール・ストリート・ジャーナル』『USAトゥデー』『フォーブス』などの全国メディアまでが、彼の経営スタイルと人格を褒《ほ》めちぎっております。テレビも彼を放ってはおきません。ブラウン管に映った彼を見ただけで、おそらく誰もがこの聡明な若者を好きになり、敬うようになったのではないでしょうか。

しかしながら私を何よりも喜ばせたことは、会社を率いるためにこの東部に戻ってきたジョンが、家族とともに住む場所としてこの町を選んでくれたことです。コンコードの周囲には、しゃれたベッドタウンがいくつもあります。彼はそういった町に住むこともできました。でも彼は、このボーランドを選んだのです！

彼は今、故郷に戻りました。自分が生まれ成長した土地……彼を覚えている人たち、そして彼をなおも愛している人たちの住む、このボーランドの地にです！」

拍手の音が大きさを増す中、ダフィー元判事は振り返り、私のほうに顔を向けた。ニコニコしている。続いて彼は上着のポケットに手を入れ、そこから幅広の赤いリボンの付いた大きなメダルを取り出した。

「ジョン・ハーディング……」極上の法廷ボイスを張り上げて、判事は言った。

「ここに来て、この町の人たちが君をどう思っているかを記した小さな記念の品を、ぜひ受け取ってほしいんだが」

それは、直径が十センチ近くもあるブロンズ製のメダルだった。判事はそれを自分の目の前に掲げ、またもや聴衆に語り掛けた。

「ちなみに、このメダルにはこう記されております……われらが最愛の息子、ジョン・ハーディングへ。ボーランドは君を心から誇りに思う……また裏側には、この町の公式紋章と、この州のモットー……自由とともに生きよ。さもなければ死を選べ！……という文字が刻まれております」

聴衆が立ち上がり、拍手と歓声を浴びせてきた。判事が私の首にメダルを掛ける。続いて彼は、私を力強く抱きしめ、満面に笑みをたたえながらゆっくりと自分の席に戻っていった。

マーチングバンドが『見果てぬ夢』を演奏し始める。私はサリーを振り返った。彼女は泣いていた。その隣でリックは、立ち上がってうれしそうに拍手をしていた。そして私は、演奏が終わり会場が静かになるまで、マイクの前で人形のように立ち尽くしていた。

「友人、ならびに隣人の皆様……」重いメダルがマイクにぶつからないようにと、私はそれをジャケットの内側に押し込んでから話し始めた。

「皆様方のこの特別なご好意に、心から感謝いたします。本当にありがとうございます。

と同時に、この町に戻ってきてからすでに二ヶ月が過ぎるというのに、旧知の方々にご挨拶申し上げる時間を取ることが、いまだにほとんどできないでいることを、深く悔やんでおります。友人、知人の皆様には、この場をお借りして心よりおわび申し上げます。この埋め合わせは、可能な限り早い時期に必ず行なうつもりでございます。

実はできるだけ早いうちに、わがハーディング家は、様々な客人を招いての一連のバーベキューパーティーに、終止符を打ちたいと考えております。さらに私どもは、その最後のパーティーには特別なゲストを招待したいとも考えております。私どもが考えているその特別なゲストとは……そうです。あなた方のすべてでございます！」

わき上がった歓声が静まるのを待って、私は続けた。

「この町に戻ってきてすぐ、私は、皆様方の大多数が、一度も離れることなくここでずっと暮らしてこられたということを知って、とても驚いたものです。もちろん良い意味ででございます。あなた方はここで生まれ、ここで成長し、ここで学校に行き、結婚をし、今そうやってここでお子さんを育てておられます。なんと賢い選択でしょう！　あなた方は本当に素晴らしい見識をお持ちです。私は、平和と幸せに満ちた生活を送るために必要な環境をこれほどまでに備えている町を、他には一つとして思い浮かべることができません。

ダフィー判事同様、私もまた、父と母がこの特別な瞬間にここにいないことをとても残念に思っております。彼らの愛と導きがなかったならば、私にできることは極めて限られていたはずです。ただ私は信じています。彼らは今、きっと見ています。そして私同様、皆様に心から感謝しているに違いありません。こんなにも温かいおもてなしをいただけるとは、彼らも想像だにしていなかったことでしょう。これほどの感動を手にしたのは、これまでの人生で初めてでございます。心より感謝いたします。ありがとうございました」

私がその歓喜の頂点から絶望のどん底へと一気に転落したのは、わずか二週間後のことだった。

サリーとリックが、マンチェスターでの買い物を楽しみにしながらエバリット高速を南下していたとき、同じ道路を北上していたフォードの小型トラックが、左のフロントタイヤがパンクしたために突然左に向きを変え、芝生の中央分離帯を乗り越えて、サリーのステーションワゴンに真正面から激突したのである!

サリーとリックは即死だった。

私は机に向き直り、その上に置かれていた『コルト45』に再び目をやった。雨に濡れた書斎の見晴らし窓をどれほどの間見つめていたのか、私は覚えていない。

続いて私は机の右袖の一番下の引き出しをもう一度開き、そこにあった弾丸ケースを取り出した。机の上でその箱の蓋を開け、箱全体を傾ける。真鍮《しんちゅう》の醜いかたまりが数個、音を立てて転がり落ちた。

これまでだ。私は死にたかった。とても死にたかった。心の中の激しい痛みを止めたかった。その苦しみを和らげてくれる薬は何一つなかった。どこにもなかった。サリーとリックのいない人生なんて、もう一瞬たりとも耐えられない。私は拳銃から空っぽの弾倉を外し、それに弾丸を込め始めた。

さあ、これでいい。準備は整った。弾丸を込めた弾倉を拳銃に戻す。さあ、急ぐんだ！　もう何も考えるな！　やるんだ！　私は拳銃を持ち上げ、撃鉄を起こし、銃口をこめかみに押し当てた。

「ああ、神よ……」私はすすり泣いていた。「どうかお許しを」

引き金に掛かった人差し指に力が入る……とそのとき……ある天使が……そう、まさしく天使が……私の命を救ってくれた。

3　ビルの最後の説得……Bill's last favor

それは最初、遠くで鳴っている雷のようだった。私の注意は、指先からそのリズミカルな振動音に向けられた。

雷だ……いや、違う。雷じゃない……誰かが下見板《したみいた》の外壁を叩いている……まずい。だんだん近づいてくる。

間もなくベランダを踏みつける足音が聞こえてきた。続いて叫び声も……。

「ジョン、ジョン！　中にいるのか！　答えてくれ、頼むよ！　ドアを開けるんだ！　どのドアでもいい！　窓でもいい！　ジョン、ビル・ウェストだ！　聞こえるか、親友！」

ビル・ウェスト……ビル・ウェスト？　本当に彼なんだろうか。幼い頃からハイスクールを卒業するまでの間、彼はずっと私の一番親しい友人だった。

私たちは、どんな兄弟にも負けないほどの強い絆で結ばれていた。幼稚園のスクールバスで隣の席に座ったのが付き合いの始まりで、ハイスクール時代には、ダンスパーティーの日に、彼の父親の車を借りてダブルデートを楽しんだりさえしたものだった。

ビル・ウェスト……幼なじみ……チームメイト……ボーイスカウト仲間……無二の親友……。ベランダで今私の名を呼んでいるのは、本当にビルなのだろうか。

ボーランドに戻ることが決まってすぐ、私は彼に電話を入れた。しかし彼はボーランドにはいなかった。依然としてボーランドに住んではいたが、三ヶ月間の病気休暇を取り、サンタフェで療養中だったのである。心臓バイパスを三本も取り付ける手術を受け、家族によれば、その最中にほとんど死にかけたという。

彼はなおも壁を叩き続けていた。その音が大きさを増しながらますます近づいてくる。私は撃鉄を慎重に戻し、拳銃と弾丸ケースを電話帳の上に放り投げた。引き出しをバチンと閉める。自殺の現場を目撃されたりはしたくない。まして親友には、絶対に見られたくない。

引き出しを閉めて振り返ると、彼は見晴らし窓のすぐ外に立っていた。両手で目の上にひさしを作り、なおも大声で叫びながら中をのぞき込んでいる。雨はいつしか上がっていた。

「ジョン！……ビル・ウェストだ！……答えてくれ、お願いだ、ジョン！」

私は立ち上がり、窓のそばに行った。ビルは一瞬たじろいで後ずさりしたが、すぐに体勢を立て直し、微笑みを浮かべながら私を指さした。

「何だよ、親友！　いるじゃないか！　俺だよ、ジョン！　ビル！……ビル・ウェスト！」

私は無理に笑顔を作って彼に手招きをし、もっと窓に近づくよう促した。

「ベランダの外れに扉があるんだ！……」右方向を指さしながら私は叫んだ。

「向こうに行ってくれ！　鍵を開けるから！」

私たちは数分間も抱き合っていた。体を離してからも、至近距離で向かい合ったまま立ち続けていた。彼が両手で私の頬を叩き続ける。その間、私の両手の指は彼の首の後ろでしっかりと組まれていた。いつしか二人とも泣きじゃくっていた。

最初に口を開いたのはビルだった。ハンカチで涙をぬぐい、鼻をかんだ後で彼は言った。

「しかし、とんでもない再会だな……なんて言ったらいいか……いや、大変だったな、ジョン」

私も何か言おうとしたが、声にならなかった。ビルが私の肩に手を掛け、しわがれ声で続ける。

「お前の出世話は、新聞やら雑誌やらでみんな読んだよ。ミレニアム社の社長ときたもんだ。すごい話だよ。歓迎式典のことも知ってたんだけど……ジェシーおばさんが電話で教えてくれてね……知ってはいたんだけど、医者が頑固でね。家族が大事だったら、あと二ヶ月はサンタフェから出るなって言うんだよ。でもおばさんがまた電話してきて、何かと思ったらサリーとリックの事故の話じゃないか。こりゃ大変だということで飛んできたんだ。のんびりと養生してるのにも、もう飽き飽きだしね。なあ、ジョン、俺にできることを言ってくれ。何でもするよ」

「ビル……」私は静かに言った。「気を遣ってくれて、すごくうれしいよ。ただね、ビル……せっかく来てくれたのに、こんなことを言うと気分を悪くするかもしれないけど、今の俺は、誰にどんなことをしてもらってもどうにもならない。そんな状態なんだ。それからビル、医者の言うことは聞かなきゃ……。そうだ、こんなところに立ってないで居間に行こう。ゆっくりできるから」

私たちは居間のソファーに並んで座った。二人とも言葉が見つからず、ビルが突然ぎごちなく話し始めるまで長い沈黙が流れたものだった。

「うん……た、たしかにゆっくりできるね。うん……なかなかいい……いい部屋だ、ジョン」

私はアンティーク調のヘリズ絨毯《じゅうたん》に目を落とし、首を振った。

「みんなサリーが選んだんだ。クリスマスまでには、この部屋を完璧な装いにするんだと言ってね。事故以来、ここに来たのはこれで二度目かな。一度目は事故のすぐ後だったんだけど、二、三分しかいられなかった。どこを見ても彼女がいるんだ。あのクイーン・アン様式の肘《ひじ》掛け椅子を見ると、コンウェイであれを買ったときのことをすぐに思い出すし……そのクルミ材でできた開閉式の机も、同じ場所で一緒に買ったものなんだ。このチッペンデール様式のソファーは、最初は買うはずじゃなかったんだけど、バケーション用の服を買いにいって気に入った服が見つからないでいるうちに、目に付いてね。買ってしまったというわけさ。雨降りの土曜日だった」

ビルが部屋の中をゆっくりと見回す。ポーツマス沖を航行する快速帆船の油絵。洒落《しゃれ》たメッシュのシートを備えた、クルミ材のシェーカー揺り椅子。美しい彫刻が刻まれたクルミ材のマントルピースと、それに囲まれた大型の暖炉。その上の壁に掛かった火打ち式ライフル銃。その左側の壁には、アンティーク時計が掛かっていた。

「いや、素晴らしいよ」そう言ってビルがため息をつくと同時に、アンティーク時計が独特の音色を発し、時を報《しら》せた。

「サリーの一番のお気に入りでね」私はその時計を指さして言った。

ビルが頷き、無理に笑顔を作って言う。

「何年ぶりかな、最後に会ってから」

「ハイスクールの同窓会……卒業してから十年目の。あれが最後だったよな、確か。俺が同窓会に出たのはあのときだけだったっけ。何かと忙しくてね」

「しかし、ずいぶん昔の話だな。時間が過ぎるのは本当に早いね。いやになるよ」

「ああ……ただ、今の俺にはどうでもいいことさ」

ビルは何も聞かなかったような顔で話を続けた。

「ところで、葬式以来、どこにも顔を出してないそうじゃないか。ずっとここに閉じこもりっきりなのか？」

「いや、たまには外に出るよ。夜になると郵便箱まで歩いていって、手紙類を持ち帰ってる。今のところは、それくらいだけどな。他には外に出る理由が特にないんだよ。冷蔵庫には食べ物がまだたっぷりとあるし、ワインだってまだ何本か残ってるし」

「会社のほうはどうなんだ？　この二、三年、業績が悪かったそうじゃないか。それで今、お前を切実に必要としてるんじゃないのか？　会社の窮地を救ってくれそうな、新しい優秀な経営者を……」

私は言葉に詰まった。

「いやね、ビル。実は葬式の二日後に、ある重役を通じて辞表を出したんだ。会社が求めている仕事を、俺はもうできなくなってしまった……今の俺は、ベッドから起き上がるだけでも一苦労なんだ……といったことを書いてね。それを書くのは、何でもないことだったよ。全然つらくないんだ。今の自分の本当の気持ちを知るのにも、すごく役に立ったし。俺の夢と希望は、サリーとリックと一緒に、全部、墓の中に埋もれてしまったんだ。あれから二週間になるけど、今でもそのままさ」

「ミレニアム社といえば、あそこの楕円テーブルに座っている重役連中は、ひどくタフなやつばかりだったよ。もうあれから五、六年になるけど、俺はね、ジョン、それこそ汗水たらして、連中のために保険と年金のプランを練り上げたんだ。俺には、保険と年金畑で二十年という経験の積み重ねがあった。ところが連中が俺にくれた報酬といったら、まさに雀の涙さ……まあ、それはいいや。それで、取締役会は何て言ってきたんだ？」

「予想もしなかった反応さ。辞表を受け取らない上に、有給休暇をたんまりとくれるって言うんだよ。レーバー・デー※4を過ぎた頃に出てきてくれればいいからってね。それで俺は辞表の中で、自分が雇い入れた二人の重役を後継者として推薦したんだけど、どうやら取締役会は、そのうちの一人を社長代理に任命したらしい」

「そうなのか……だとすると、九月には仕事に戻るわけだな？」

私は答えなかった。

「ジョン……」

私は黙っているしかなかった。私はもう、ミレニアム社の社長として働くつもりは全くなかった。これ以上生きていく気もなかった。ビルが立ち去り次第、彼に中断させられた作業を速やかに再開するつもりだった。そんなことを彼に言えようはずがない。うまく質問をはぐらかす機転も、もはや私には残っていなかった。

「ジョン……いや、ジョン、悪かった。まだとても仕事の話どころじゃないよな。よけいなことを言ったよ。許してくれ。こんな話をするために来たんじゃなかったんだ。少しでも元気づけられればと思って来たんだけど、かえって混乱させてしまったか」

私は彼の膝を叩き、力なく言った。「分かってるよ、ビル。ありがとう」

ビルは立ち上がり、一呼吸置いてから、指をパチンと鳴らして私を見下ろした。

「そうだ。今日ここに来た理由が、もう一つあったよ。実は頼みたいことがあるんだ。引き受けてくれると助かる。お前以上にうまくやれる人間はいないと思うんだ」

「今の俺にできることなんて、ないと思うけどね……でもまあ、とりあえず言ってみなよ」

※4 レーバー・デー＝労働者の日（九月の第一月曜）

「この家の前に俺のステーションワゴンが止めてある。その車で、俺と少しの間、ドライブをしてくれないか」

「え？」

「ドライブだよ。お前と一緒に、ちょっとだけドライブをしたいんだ。町の外には出ない。ほんの三十分程度で戻ってこられる。あっと言う間の時間さ」

三十分……あっと言う間の時間？　時間……この世界で最も貴重な必需品であり、その価値は日を追うごとに増し続けている。フランクリンはそれを「人生の成分」と呼んだ。そして今、私の旧友は、ほんの三十分を私にくれと言う。彼にはもちろん知る由もなかったが、彼が壁を叩くのが三十分遅れていれば、私はもうここにはいなかった。

私は首を振った。

「悪いけど、ビル。今はそんな気分になれないよ。霊柩車《れいきゅうしゃ》の後ろを走る尻長のキャデラックに乗って以来、車には乗ってないんだ。それに、今の俺と一緒にドライブしたって、楽しくなんかないはずだよ」

「別に俺を楽しませてくれなくたっていいよ。話したくなければ一言も喋《しゃべ》らなくていい。ただ一緒に来てほしいだけなんだ。頼むよ、ジョン。頼む」

私は行くしかなかった。

私たちが乗った車は、間もなくメインストリートに入った。家を出て以来、二人ともずっと黙ったままだったが、中央広場前に差し掛かったとき、ビルが思わず口を開いた。「歓迎式典はずいぶん盛り上がったようだね……」そう言った瞬間、彼は顔を歪《ゆが》めてハンドルを叩いた。自分自身への怒りを露《あらわ》に彼が続ける。「ごめんよ、ジョン。悪かった」

私は何も言わなかった。バプティスト教会を過ぎたところで、ビルはハンドルを右に切った。小さな屋根付きの橋を渡り、町営の墓地を通り過ぎる。すでに私は、ビルがどこに行こうとしているのかに気づいていた。

墓を過ぎてから数分で、私たちの乗った車は舗装された駐車場に到着した。正面に見える高さ四メートルほどの金網フェンスには、青地《あおじ》に浮かび上がるオールドイングリッシュ体の金文字群が並び、私たちにそこがどこなのかを教えていた。もっとも私たちは、その横長の看板に教えられるまでもなく、その場所を知っていた。ボーランド・リトルリーグパーク……町営のリトルリーグ用公式野球場である。

ライト側ファウルグランドの金網フェンスは、ライトポールの少し手前で切れており、その金網の端とポールとの間には、小さな扉が付いた球場内への入り口がある。ビルの後をついてその隙間を抜けた瞬間、私の胸は反射的に高鳴った。

ライトポールの下からは、木製のボードが張られた外野フェンスが緩やかな弧を描き、センターのバックスクリーン前を経由して、レフトポールの下まで伸びている。その外野フェンスのライト側、レフト側双方の端には、鮮やかな黄色のペンキで「202」という数字が描かれ、ホームプレートから両ポールまでの距離が二百二フィート（約六十二メートル）であることを知らしめていた。

ちなみに、センターの一番奥のフェンスまでは、二百四十七フィート（約七十五メートル）である。それは、私がバックスクリーンにホームランを打ち込んだ次の日に、興奮した叔父が巻き尺を持ち込んで計測した結果、判明したものだった。私がリトルリーグでプレーした最後の年のことである。

ビルは私の前を歩き、センターの守備位置あたりで立ち止まった。

私を振り返って彼が静かに言う。

「どうだい、ジョン。これぞ故郷じゃないか？」

私は大きく息を吸い込み、周囲をゆっくりと見回してから、ささやくように言ったものだ。

「いや、驚いたよ。驚いた。三十年前と同じじゃないか。新しいペンキが塗られてたり、板が張り替えられたりはしてるけど……金網も少し上等になったかな……駐車場も少し立派になってたかもしれないな……だけど、全体的な眺めは、俺たちがプレーしてた頃と何も変わっちゃいない。ほら、見ろよ。ライトとセンターのフェンスには、いまだに昔ながらの広告が並んでる。しかも、いくつかの会社は昔のままじゃないか。それから、レフト側のフェンスは緑一色。広告が一つもない。ボストンのフェンウェイ球場と全く同じスタイル……グリーンモンスター……確かそう呼んでたよな」

続いて私は、センターフェンスのすぐ外にあるスコアボードを見上げ、それを指さした。顔には自然に笑みが浮かんでいた。

「覚えてるか？　毎回スリーアウトになるたびに、親父《おやじ》たちがそこの階段をフーフー言いながら登ってたっけ。試合前にくじ引きで一人を選び出してね。当たりくじを引いた親父はみんなから『負け犬』って呼ばれて、木製の数字板をたんまりと渡されて……チェンジになるたびに、得点と同じ数字が書かれた板を抱えて、その階段をよじ登ってたよな」

「連中は今でも同じことをしてるよ、ジョン」

私たちは内野に向かってゆっくりと歩いていき、いつしか、私のかつての指定席、ショートの守備位置に立っていた。すぐにビルが、私に顔を向けたまま、後ろ歩きでセカンドの守備位置に向かう。私たちはそれぞれの位置から、互いに見つめ合った。

次の瞬間、私は衝動的に、右手の拳で左手のひらを力一杯叩いていた。膝を曲げて腰を下ろし、上体を前に倒して捕球態勢を整える……カーン！　……強烈なショートゴロ……私は身構え、それを難なく捕球し、二塁ベース上にトス……すでにそこにはセカンドのビルが待っており、その架空のボールをキャッチする間もなく、一塁に送球……ダブルプレー！　私は思わず拍手していた。

その後、私たちはゆっくりとピッチャーマウンドに歩いていった。

私の目に観客席が飛び込んでくる。

「あの観客席も全く昔のままじゃないか。全然変わっちゃいない。全部で二十列くらいかな。三塁側ベンチのすぐ右からバックネット裏を通って、一塁側ベンチのすぐ左まで。あの頃と全く一緒だ」

ビルが頷く。

「そのとおり。観客の収容能力も昔のまま。千人弱といったところだろうな。人口五千人の町の球場としては上等だよ。さて、ちょっと座ろうか」

そう言ってビルは三塁側のダグアウトを指さした。

「おっと、あれはずいぶん変わったね……」私は言った。「俺たちの頃にはベンチしかなかったよな。立派なダグアウトじゃないか。コンクリートでしっかりと囲まれてて、屋根はあるし、床もグランドよりちゃんと低くなってる。まるで大リーグみたいだ」

私たちはそのダグアウトに入り、幅の広い緑色のベンチに腰を下ろした。

「内外野とも、良く整備されてるね。素晴らしいグランドだ。ずいぶん手が掛かってそうだな、これは」私は言った。

「ああ。もうすぐ新しいシーズンが始まるからね。そのための準備は万端といったところさ。今度の土曜日には、選手たちの選抜テストがあるんだ。ただね、子供たちの意気込みと球場の準備は完璧なんだけど、肝心のリーグ自体がね……」

「どうしたんだい？」

「まあ、ボーランド・リトルリーグは、過去二十年間、例外だった一年を除いて、一チームあたり最低十二名の選手からなる四チームの間でリーグ戦を行なってきたわけだ。それで、今年も子供たちの頭数《あたまかず》は揃ってる。ギリギリだけどね」

「それじゃ、何が問題なんだ？」

「なあ、ジョン。俺の二人の息子はもう大学だ。あいつらはもう何年も前に、リトルリーグから足を洗ってる。ところが俺はなかなか足を洗えなくてね。特に近頃は、監督やコーチとしてチームの手助けができる父親たちが、ほとんどいないんだ。監督やコーチともなれば、試合だけじゃなくて、練習にだって毎回付き合わなきゃならないからな。みんな仕事が忙しくて、とてもそんなことやってられないのさ。その点、俺は恵まれてる。時間を、ある程度は自由に使えるからな。それで結局、息子たちがいなくなった後も、コーチとしてずっとリーグの手助けをしてきたんだ。四つのチームの監督の誰かが、決まって毎年やってくれって言ってくるもんだから」

「いや、それは立派だよ、ビル。それに、お前に教わる子供たちは幸せさ。どんなチームも、お前がコーチになったら大助かりだろう。なんせお前は、野球はもちろんのこと、リトルリーグというプログラムの趣旨も、人間との関わり方も、知り尽くしている人間だからな」

「そうだといいんだけどね……」ビルが言った。「まあ、それはともかく、数ヶ月前に、トム・ラングリー……彼の息子は、去年のオールスター・キャッチャーに選ばれたんだけど……そのトム・ラングリーを、リーグの役員会が、今年の監督の一人に指名したんだ。つまり彼は、四チームのうちの一つを、今年のシーズンいっぱい、ずーっと面倒見なくちゃならなくなったわけだ。それで彼は、俺にコーチを頼んできた。もちろん俺は引き受けた。

と、そこまでは良かったんだけど、狭心症の野郎が暴れ出して、俺は病院送りさ。それで、少なくとも今年のコーチは無理だということになってしまった。まあ、命のほうが大事なんで、医者に言われるままに養生してたんだけど、術後の経過は順調でね。早く退院したくてうずうずしてたんだ。そこに飛び込んできたのが、お前の……お前の災難のニュースだったんだよ。それを聞いて、俺はすぐにサンタフェにおさらばした。何をさておいても、お前に会わなくちゃと思ってね」

「ありがたい話だけど、それで大丈夫なのか？」

「ああ。もう向こうの病院には戻らないつもりだよ。無理をしなければいいだろうという医者のお墨付きも、どうにか取り付けたしな。それと、実はもう一つ、ここに来て向こうに戻れない理由ができちゃってね」

「ほう……どんな？」

「リーグが今、俺をどうしても必要としてるんだよ。実は、ラングリーが会社で出世しちゃったらしくてね。一ヶ月くらい前のことらしいんだけど、もうここじゃなく、アトランタにいるよ……家を売りに出してね。それで、これがどういうことかというと、われらがリトルリーグ・チームの一つが監督不在になってしまった……そういうことなわけだ」

私とビルの付き合いは長い。私は、彼が次にどんなことを言い出すかを正確に予想していた。ビルが私に体を寄せてきた。

「なあ、ジョン。さっき、お前に頼みたいことがあるって言ったよな？」

私は彼の顔を見られなかった。

「お前と一緒にドライブに出掛けることだろ?」

ビルは吹き出した。

「まあ、それもある。そしてもう一つは、お前が今思ってるとおりのことさ。一シーズン十二ゲーム……リーグの役員連中は、お前の社会的地位と業績のでかさに尻込みして、お前と接触するのを戸惑《とまど》ってる。まあ、お前の今の気持ちを察して、というほうが大きいかもしれないけどな。そこで俺が買って出たんだよ。お前が監督を引き受ける可能性を調査する役をね」

「無理だよ、ビル……」私は力なく言った。「今の俺には、自分の朝飯さえ管理できないんだ。反抗期の、元気がありあまっている子供たちを、十二人も管理することなんかどう考えてもできない。絶対に無理だよ」

「ジョン、俺も役員連中も、お前ならきっといい監督になれるって信じてるんだ。お前はこのプログラムの元スター選手で、その仕組みも目的もよく理解してる。とんでもなく貴重な経験をたんまりと積んできてもいる。子供たちはお前から、すごくいろんなことを学べると思うんだ。野球に関してだけじゃなくて、勝利や敗北にどうやって対処するか、味方の選手と敵の選手にどうやって接するべきか、といったことも含めてね。それに、お前の人柄は俺が一番よく知ってる。お前は間違いなく、子供たちからすごく愛される監督になるよ」

「ただね、ビル。愛というものは、双方から流れ出るものだよな。俺の愛は、全部メープルウッド墓地に行っちゃっていて、ここにはもう残ってないかもしれないんだ」

「俺が手伝うよ、ジョン。これでも俺は、ちょっと優秀なコーチなんだ。ミレニアム社からは長い夏休みをもらってるわけだし、お前のこれからの二ヶ月間を埋めるには悪くない方法だと思うんだけどね。今のお前にとっては、最高の薬かもしれないぞ」

私は首を振り、ため息をついた。

「すまない。俺には無理だよ」

ビルが立ち上がった。良かった。あきらめてくれたようだ。

続いて彼は、ダグアウトの階段をゆっくりと登り、ホームプレート方向に歩き出した。彼の足が止まった。こちらを振り向いて彼が言う。

「なあ、ジョン。俺たち、リトルリーグの最後の年に同じチームだったよな。覚えてるだろ？　俺たちは無敵だった。リーグチャンピオン！……ところで、あのときの俺たちのチーム名、覚えてるか？」

ビルの最後の説得が始まっていた。

「もちろん覚えてるさ。エンジェルズだよ」

ビルが頷いた。

「実はね、ジョン。まだ監督が見つかってないチームの名前が、それなんだ」

私は目を閉じた。ずーっとそうしていた。どのくらいそうしていただろう。思い出せない。いつしか私は、「選抜テストは土曜の朝だっけ？」と尋ねる自分の声を聞いていた。

ビルが近づいてきて、噛《か》んで含めるように言った。

「土曜日の午前九時。ぜひ考えてくれよ、ジョン。その気になったときのために、八時半頃にお前の家に立ち寄るよ。いいな？」

「今日は何曜日だ？」

「木曜日」

私たちは、ライトポール脇の球場入り口に向かい、深い緑の芝の上をゆっくりと歩いていった。私の数歩先を歩いていたビルが、突然何かに足を取られて倒れそうになる。体勢を立て直した彼が、しゃがみ込む。そして立ち上がる。

彼の手には、私がそれまでに見た、最もひどく打たれ、最も傷つき、最もすり切れた野球ボールが握られていた。彼はそのボールを私に手渡すと、何も言わずに私に背を向け駐車場に向かって歩き出した。

4 傷だらけの茶色いボール ……… the aged brown baseball

ビルと玄関前で別れた後、私は家の中に入る気になれなかった。私は家の裏側に回り込み、芝生を歩いて草原に向かった。

咲き乱れたオニユリの群れが、草原一帯に無秩序に広がっていた。散在するブルーベリーの藪は、すでにおおかたが白い花で覆われている。私はその藪の一つに近づき、可憐な花々を手のひらでそっと撫でてみた。

私の心に、サリーとリックと一緒にそのあたりを初めて歩いたときのことが、鮮明に蘇ってきた。まだこの家に引っ越してくる前のことだった。

そのとき、私にこれがブルーベリーの木だと教えられて、サリーはとんでもなく喜んでいたものだ。両腕を伸ばしてブルーベリーの藪を指し示しながら彼女が大声で言った言葉が、今でも耳について離れない。

「あなたたち二人にお願いがあります！　このブルーベリーの実が熟したら、全部摘み取ってちょうだい。あなたたちが食べるパイとマフィン[※5]は、この実を入れて、私が全部作ってあげるわ！」

私はつぼみの付いた小枝をそっとちぎり、シャツのポケットに入れた。そこから緩やかな斜面を少し下ったところに、楕円形の小さな池がある。私は重い足取りでその池に向かった。池の淵には、むき出しになった花崗岩の大きな塊があり、天然のベンチを提供してくれている。私はそこに腰を下ろした。

あの日も私は、ここにこうやって座ったものだった……愛する二人を両脇に従えて……。そうだ……そのとき私はリックに約束した。不動産屋によれば、この池には魚が生息しているという。確かバスとパーチがいると言っていた。引っ越してきたら釣り竿を買って、釣りの仕方を教えてやる……あの日私はそう約束したが、それを果たす機会はもはや永遠に訪れない。

しばらくして私は家に戻った。芝生を横切って私が最初に向かったのは、家に隣接した車二台用のガレージだった。

横の扉を開けて中に入り、天井照明のスイッチを入れる。私のリンカーンがある。もう三週間は乗っていない。私はその車の周りをゆっくりと歩き、どのタイヤの空気も抜けていないことを確認した。

※5　マフィン＝小麦粉、トウモロコシ粉などで作る、イースト菌を使わない小型のカップ形パン

その車の隣のスペースはポッカリと空いていた。オイルの小さな染みが、コンクリートの床に二つポツンとあるだけだ。ここにあった車が戻ってくることは、もはや二度とない。キッチンへの通路と接した壁には、真っ赤な子供用「ハフィー・ストリートロッカー」が掛かっている。リックの七歳の誕生日に買ってやった新品の自転車で、まだ傷一つない。

キッチンに入り、まず私はインスタントコーヒーを作った。今や常食となった感のある、ピーナツバターを塗った塩味のクラッカーを流し込むためにである。キッチン内には、サリーがどうしても買うんだと言い張った、松の木製のハーベスト・テーブルが、それと完璧にマッチした六脚の椅子とともに置かれている。ジョージ・ワシントンが大統領になる以前に作られた骨董品だという。

私はそのテーブルに座り、正面の壁に目をやった。ユニークな刺繍が施された四角い装飾布が目に飛び込んでくる……またしても思い出!

それには、母の思い出も混じっていた。一日の仕事を終えた後で、枝編み細工の揺り椅子に座り、静かに歌を口ずさみながら、顔ふきタオル大の茶染めの亜麻布《あま》に、ありとあらゆる色の糸を用いて、様々なアルファベットや花、風景、果物、ときには詩の全文さえも、楽しそうに、また根気強く刺繍し続けた母だった。彼女のその忍耐は、もちろん才能もあったと思うが、ニューハンプシャー中の手芸コンテストで優秀賞を総なめにするという栄誉を、彼女自身にもたらしたものだ。

私の家のキッチンに掛かっている装飾布は、真四角な亜麻布の上に、大文字、小文字が入り交じった様々な形のアルファベット文字の列が十二列並ぶという、実にユニークなものである。母が私とサリーに結婚祝いとしてくれたものだ。その後私たちは次々と引っ越しをくり返してきたが、この装飾布は、常に私たちのキッチンを飾り続けてきた。

「幸運を祈って、古い蹄鉄を飾る人が多いようですけど……」サリーは母に言ったものだ。「私たちの家の幸せの鳥は、あなたがくれたこの刺繍なんです」

これまでこの布は数々のキッチンを渡り歩いてきたが、このカントリースタイルのキッチン以上にマッチした居場所は、一つとしてなかったような気がする。

ガラスなしの額縁に収められたその装飾布の一番下の部分には、母がその作品を完成させた年月と、彼女の名前が刺繍されてもいる。

「プリシーラ・マーガレット・ハーディング、一九五四年八月」

母はこの部分を、「昔の人はみんなこうしたものなのよ」と言って指し示したものだった。私が四歳のときの作品である。

クラッカーを頬張り、コーヒーをすすりながら、長年にわたって一緒に生きてきたそのユニークな刺繍をぼんやりと見つめていた私の心に、突然、もう一つの思い出が飛び込んできた。母はどんな人が亡くなったときにも、常に同じ姿勢で対処していた。父が死んだときでさえ例外ではなかった。

母はとても信心深い人で、ボーランドで誰かが亡くなると、たとえその人と面識がなくても、お通夜には必ず顔を出すようにしていた。会場が葬儀場であれ、自宅であれ、関係なしにである。幼かった頃、私は母に連れられていろんな人のお通夜に顔を出したものだ。普通の母親であれば、そんなときには子供を誰かに預けていくものだが、その点で、私の母はとても特殊だった。

キッチンに座り母の刺繍を眺めながら、私は、彼女が遺族たちに贈っていた慰めの言葉を、鮮明に思い出していた。母のそのパワフルな慰めの言葉は、いつ、どんな遺族を前にしたときにも、決して変わることがなかった。その影響か、数ヶ月前、私はそれと全く同じ言葉を、家族を失った友人に無意識のうちに贈っていた。

悲しみにくれる遺族を抱きしめた後で、母は優しく言ったものだ。

「もう泣かないで。涙はもういらないわ。あなたの愛する人が、今どこにいるのかを忘れないで。あの人は、自分が今いる場所を、私たちの誰とも、絶対に交換したくないはずよ。間違いなくそう思ってるわ」

私はテーブルに肘を付き、両手で頭を抱えた。

「ジョン……」母の優しい声が今にも聞こえてきそうだった。「もう泣くのはやめなさい。涙はもういらないわ。お前のサリーとリックが、今どこにいるかを忘れないこと。あの二人は、自分たちが今いる場所を、私たちの誰とも、絶対に交換したくないはずよ。間違いなくそう思ってるわ」


金曜日の朝、私は電動芝刈り機のけたたましい音で起こされた。ボビー・コンプトン率いる造園会社の作業員たちが、週一の作業を開始したようだ。とっさに枕で頭を覆っていた前回、前々回とは違い、その日の私は速やかにベッドから起き上がった。

彼に挨拶しなきゃ。私は急いでシャワーを浴び、髭《ひげ》を剃り、洗い立てのジーパンと白いスポーツシャツを身に着け、庭に出た。

芝刈り機を操《あやつ》っていたボビー・コンプトンが、すぐに私に気がつき飛んできた。

「このたびは、お気の毒なことで、ハーディングさん」手を差し出しながら彼が言う。

私は頷き、礼を言った。「ありがとうございます、コンプトンさん」

「約束どおり金曜日ごとに草を刈っていましたが、よかったんでしょうか？　連絡が取れないもんで、どうしようかと思ったんですが」

「いや、それでよかったんです。あなたに頼んでおいて本当によかった。いつもきれいにしてくれて、ありがとうございます」

「何か特別なご注文は？」

「いや、何もありません。これまでどおりで結構です」

「実はハーディングさん、昨日、町の雑貨屋でケリーさんの奥さんに会ったんですが、あんたのことをすごく心配してましたよ。ここに何度来ても、何度電話をしても、全く連絡がつかないと言ってね」

ローズ・ケリーは、サリーが週に一度の掃除をお願いしていた、私よりもずっと年上の女性である。私たちは彼女をすぐに好きになり、わが家に来るようになってから三週間もした頃には、すでに家族のようにして付き合っていた。リックは彼女を「おばあちゃん」と呼び始めていたものだ。

「いや、コンプトンさん、教えてくれてありがとうございます。彼女にはすぐ連絡します。皆さん、良い一日を」

「あんたもね、ハーディングさん」

私はオレンジジュースを飲んでコーヒーをすすり、二個のロールパンを食べてから、切っていた電話回線をつなぎ、ケリー夫人に電話をした。

「ハーディングさん！　ああ、よかった。どうしたのかと思っていました。また声が聞けて本当にうれしいわ」

「私もです、ローズさん。あなたの声を聞いてホッとしました。さっそくなんですけど、すぐにあなたが必要なんです。長い間連絡しないで、本当に申し訳ありませんでした」

「そんなこと、いいのよ……よく分かるわ……大変だったわね」

「ええ……ありがとうございます……それでね、ローズさん。お願いがあるんです。この家は今、散らかるわ、埃は積もるわで、ひどい状態なんですよ。ずっと掃除らしいことをしてないもんだから」

「ええ、ええ。それじゃ、今日はどうかしら？　今すぐに行きましょうか？　都合はどうなの？」

「ええ、今すぐでもオーケーです。ただ、無理しないでください。あなたに都合のいい時間で結構ですから。それで、ここに着いたら玄関のドアを力一杯叩いてください……どうやらチャイムが壊れているようなんで」

私は受話器を置き、また回線を切断した。

彼女が来るまで二十分とかからなかった。長い抱擁と涙の後で緑のバンダナを締め直し、すぐに彼女は階下の物置に向かった。

ローズはすでに六十歳を超え、体重は四十キロ少々しかなかったが、信じ難いほどにパワフルな女性だった。彼女は、大型の掃除機を操って家中の部屋を次々と渡り歩くことで、そのパワーをまたもや証明して見せた。いつもどおり、自分で持参した弁当を食べるための短い休み以外は体の動きをいっさい止めず、わが家は暗くなる前に、ちり一つない状態に復帰した。

ローズが書斎にいた私におやすみを言いにやってきた。私はすぐに立ち上がり、足早に近づいて彼女の頬にキスをした。

「来週のことなんですけど……」彼女は言った。「いつもどおり木曜日でいいかしら？」

私の手には、家のスペアキーが握られていた。あの事故の数日前に、サリーと私が相談の上、彼女に渡すことに決めていた鍵である。

それを彼女に手渡しながら、私は言った。

「ええ、木曜日で結構です。それで、この鍵をお渡ししておきます。私がここにいないときには、これで自由に入ってください。今後とも、どうぞよろしく」

ローズは頷いた。彼女の目に、またもや涙が浮かび始める。彼女は下唇を噛み、上目遣いに私を見上げた。

「どうかしましたか？」私は尋ねた。彼女は大きく息を吸い込んだ。「ハーディングさん、家中を掃除して回って、あちこちで……サリー……サリーのものをたくさん見つけたんです……それで、それをどう処分したらいいのか……それを、あなたにどう尋ねたらいいのかが分からなくて……ほとんどそのままにしてあるの」

「それで結構です。私が後で処分しますから。もっとも、たとえ彼女の持ち物が全部この家からなくなったとしても、彼女はたぶん、この家のどの部屋からも出ていかないでしょうけどね」

ローズの両頬を涙が勢いよく流れている。「それから、子供部屋もどうしたらいいか分からなくて……だから私、あの部屋も、ベッドを直して、いくつかのオモチャを箱に戻して、埃を払っただけなの」

「ありがとうございました、ローズさん。来週また会いましょう」

私は机に戻って腰を下ろし、頬に両手を当てた。俺は今日、いったい何をしていたんだろう。裏庭をきれいにしてもらった。でも何のために？　家の中を掃除してもらった。リックのオモチャを拾い集めてもらった。いったい何のために？　それで何が変わるというのだろう……いったい何が！

私は机の右袖の一番下の引き出しを勢いよく開け、弾が込められたままの醜い拳銃をにらみつけた。いくら押さえつけてもすぐに浮かび上がってくる自分自身への問いかけが、私の頭の中で破裂し続けていた……俺はこれから、何を目的に生きたらいいんだ！　何を支えに、誰のために生きたらいいんだ！

私の机の上には、すり減った傷だらけの茶色いボールが一つ載っていた。球場を後にするときにビルがつまずき、拾い上げて私に手渡したボールだ。私はそれを手に取り、頰に当てた。ああ、神よ。どうかお助けを！

5　ティモシー・ノーブル……Timothy Noble

土曜日の朝、ビルが古いビュイックでやってきたとき、私はすでに私道に出ていた。郵便箱にもたれながら彼の到着を待ち受けていた私を見て、彼はまず驚きを露にした。そしてすぐに喜びも露にしそうになったが、それは噛み殺した。言葉は一言も発しなかった。

私を車に乗せて走り出してからも、ビルはしばらく黙ったままだった。彼が言葉を発したのは、私を乗せてから五分以上もたってからだった。

なおも前方を見つめたままで、首を何度も振りながらビルは口を開いた。

「お前はやっぱり大したやつだよ、親友。よく来たな」

「いや、まだそう言うのは早すぎると思うよ、ビル。実際、俺は今、自分が何をしようとしてるのかよく分からないんだ。球場に行っても、最後までお前に付き合えるかどうか、はっきり言って自信は全くない。途中で逃げ出して、お前の顔をつぶすようなことにならなきゃいいんだけど……心の準備だけはしといてくれよな」

ビルはそれには答えず、座席に置いてあったクリップボードを手に取り、私に手渡した。

「選抜テストの応募者リスト……夕べ、少し張り切ってな……タイプしておいたよ。テスト中にいろんな子供たちを評価しながら、その内容をメモできるようになってる。それぞれの名前の前にある赤い番号は、彼らが今日付けることになっている背番号だ。背番号といっても、四角い紙に番号を書いただけのものだけどな。シャツの背中にピンで止めるわけだ。今年から始めることにしたんだけど、監督やコーチにとっては大助かりさ。子供たちの能力を吟味しながら、どの子供が誰であるかがすぐに分かるんだからね。月曜の夜の選択会議もはるかに進めやすくなるだろうし、いいことを思いついたもんだよ」

「ところで、この数字、それぞれの名前の後ろにある数字だけど、これは何なんだい？」

「それは子供たちの年齢さ。覚えてるとは思うけど、八月一日がマジックデー。子供たちは、リーグでプレーするためには、その日までに九歳になっていなくてはならない。それから、その日の前に十三歳になってはいけない。要するに、プレーできるのは、九歳から十二歳までの子供だけというわけだ。これは昔から変わらない。ただ、今年はたまたま九歳の応募者が一人もいないんだ。その代わり、十、十一、十二歳は、かなり充実してるよ」

「下に線が引かれている名前がいくつかあるけど、これはどんな意味なんだい？」

ビルの顔に意味ありげな笑みが浮かぶ。

「ああ、それなんだけど、他の三人の監督は、お前よりも若干《じゃっかん》有利な立場にあると思うんだ。まず、この町にずっと住んでて、ほとんどの子供たちのことを知ってる。それに連中はそろって去年も監督をやってる。だから大半の子供たちの能力を、すでにしっかりと把握していると考えて間違いない。名前の下に線が引かれてる子供たちは全部で十二人なんだけど、他の子供たちよりも、能力的に明らかに優れてる連中なんだ。

それから、二本線が引かれてる名前が三つあると思うけど、彼らはピッチャーのベストスリー。もっともこれは、去年の彼らのプレーぶりを見て、俺が勝手に判断したことだから、あくまでも参考資料。最終的には、お前が実際に子供たちを見て、天使たちを選ぶことになる。それが監督であるお前の最初の仕事」

そう言ってビルは私の膝を叩いた。

「ただし、お前が専門的なアドバイスをあふれるほどしてくれる。そうだろう？」

ビルが笑いながら言う。「まあ、どうしてもと言うならな」

球場の駐車場に着いて車のドアを開けたとたん、私の耳に、甲高い叫び声と笑い声が飛び込んできた。ほう、子供たちがもう来てるんだ。子供たちの声に加えて、革のグローブにボールが収まるときのバシッという独特の音が、休みなく響いてもいた。

選抜テストの開始までにはまだかなりの時間があったが、応募選手たちはほぼ全員がすでに集合しており、監督やコーチたちの注意を少しでも早く引きつけようと、意欲的なデモンストレーションを始めていた。

二日前の午後、ビルと一緒に空っぽのグランドを歩いたときも、私の心は混乱していた。しかし今回は、それとは比べものにならない。私の心は混乱を極めていた。これから何が起こるか全く予想できない。

ただ、グランドにいる子供たちは、私がこの球場を世界中で一番神聖な場所だと信じていたほぼ三十年前と、それほど変わりはないようだ。見た目も、声の出し方も、動き方も、当時一緒にプレーした仲間のそれと、たいして違いはない。私は目を閉じ、子供たちが放つ様々な音のコンビネーションに耳を傾けた。

うん、俺も昔、こうやって選抜テストを受けたんだよな……いつしか私は、自分がリトルリーグの選抜テストに初めて臨んだときのことを思い出していた。

そのとき、私はわずか数日前に九歳になったばかりだった。すごく緊張していた。恐かった。父の小型トラックに乗せられ、私はこの球場にやってきた。父は駐車場で、私がグランドに向かって走り出す直前、私に握手を求めて言ったものだ。

「ジョン、足の骨、折っちゃえ！」

その言葉の意味を私は知っていた。その奇妙な表現は、少し前の夕食の席で初めて聞かされたもので、そのときに母が、その意味と成り立ちを、父と私にじっくりと説明してくれていた。母によれば、もともとはショービジネス用語で、役者や歌手たちが舞台に上がる仲間に幸運を祈るときに発したのが始まりだという。足の骨、折っちゃえ！

「ジョン……」

私は目を開けた。五、六メートル先にいたビルが、眉をひそめてこちらを見ている。

「大丈夫か？」

私は肩をすぼめて頷いた。ビルが一塁側のダグアウトを指さす。「まだ時間があるうちに、役員の連中に会っておこうか」

ボーランド・リトルリーグ協会の会長、スチュアート・ランドとは、すでに顔見知りだった。彼は銀行員で、引っ越してきてすぐ、サリーと一緒に彼の銀行に口座を開きに行ったときに会っている。私たちが近づくと、彼はダグアウトのベンチから立ち上がり、ビルの紹介を待つことなく私に手を差し出してきた。

「ようこそ、ハーディングさん。あなたにお越しいただけて、こんなにうれしいことはありません。役員一同、諸手《もろて》をあげて歓迎いたします。同時に、このたびのことでは、心よりお悔やみ申し上げます。そんな中、貴重なお時間と労力、そして野球に関する深い知識を、この町の子供たちに分け与えていただけるということで、役員一同、心より感謝いたしております。

子供たちは、あなたのアドバイスと指導力、そしてあなたが示されるお手本を、とても必要としています。あなたのもとで、子供たちは間違いなく、より良いプレーヤー、さらにはより良い社会人へと成長するに違いありません……。

いや、ハーディングさん、申し訳ない。つい喋りすぎてしまう癖がありまして。ただ、私が今申し上げたことは、一言一句、そのままに受け取ってください。あなたは、とても特別な方です。私は、あなたにこのプログラムに加わっていただけて、本当にうれしいんです」

私の「ありがとうございます」は、ほとんど口パクだった。ビルが待ちくたびれたように、ナンシー・マクラーレンを紹介してくれた。リーグの事務局長兼大蔵大臣である。さらにビルは、他チームの三人の監督と三人のコーチに続いて、何人かの親たちまで紹介してくれたが、彼らの名前はどれ一つとして私の頭に残らなかった。

ランド会長の首に下がったホイッスルが甲高く鳴り響いた。小さなプレーヤーたちが、投げたり走ったりのウォーミングアップ兼デモンストレーションを速やかに停止し、一塁側ダグアウト後方のスタンドに向かって、騒々しく大移動を開始する。観客席全体に散らばっていた親たちも、一塁側ダグアウト後方に集まってくる。

ダグアウト前に立ってスタンドを見上げながら、自分の出番を辛抱強く待ち続けているランド氏に、子供たちの後方に座りつつある親たちからしきりに声が掛かる。彼は手を振り、頷きながらそれに愛想よくこたえていたが、やがて彼らが着席したのを見届けるや、右手を一直線に高く掲げ、大声を張り上げた。

「おはようございます！　ご父兄の皆様、選手諸君、そしてボーランド・リトルリーグ関係者の皆様、本年度のこの最初のイベントに、ようこそいらっしゃいました！　今年の会長を務めさせていただきます、スチュアート・ランドでございます。わがリーグも、公認リトルリーグとして、今年で四十四シーズン目を迎えることになります。そしてそれは、このリーグが、延べ数千名にも上るボーランドの子供たちを、チームワーク精神、フェアプレー精神、勇気、根気、そして自制心などを手みやげに世の中へと送り出してきた、ということを意味しております。どれもが、より良い大人、より良い社会人となるためには、欠くことのできない資質でございます」

聴衆の拍手に、ランド氏は大きな微笑みでこたえ、一呼吸おいて続けた。

「本日、私どもは、これから約二時間にわたって、極めて重要な作業を押し進めることになります。監督、コーチ諸氏、ならびに数名のご父兄の好意的なご支援を得て、これから私どもは、すべてのプレーヤーに、打撃、守備、走塁の三部門において持てる力を存分に発揮するための、公平な機会を提供いたします。

そして、この伝統あるグランド上で選手たちがエネルギーを爆発させている間、今後二ヶ月間にわたって重い責任を背負うことになる、われらが四チームの監督諸氏も、同じグランド上を精力的に動き回り、プレーヤー個々の能力を様々な観点から評価する作業を続けます。その評価が、月曜の夜の選択会議の際の重要な資料となり、その選択会議を経て、例年通り、総当たり四回戦のペナント・レースに参加する、四チームの陣容《じんよう》が決定することになるわけです」

ビルと私は、他の監督・コーチたちと一緒に、ランド氏の後方に立っていた。ランド氏が一呼吸おいたところで、ビルが私に向かって静かに言う。「ちょっと行ってくるよ」

そう言って彼は、ゆっくりと前に歩み出た。

ランド氏がまた声を張り上げる。

「さて、それではこのあたりで、今日のこの作業の総合指揮をしてくれる、皆さんもよくご存じの私の古い友人、ビル・ウェストにバトンタッチすることにいたします」

選抜テストは昼過ぎまで続いた。すべての子供が打席に入り、その中でそれぞれ六回のスイングを許されていた。バッティング投手を務めたのはコーチの一人で、彼は、打ちごろの球を必ずストライクゾーン内に投げられるという、貴重な才能の持ち主だった。また、次々と交代しながら、一度に四名が内野の守備に着いていた。彼らはそれぞれ、自分の得意なポジションを守り、打撃テスト中の選手が打つボールを、実践のつもりで捕球するよう求められていた。

さらに、打撃テストが延々と行なわれる中、少なくとも六名のプレーヤーが交代でキャッチャーボックスに出入りしていた。言うまでもなく、キャッチャー志願者たちである。時を同じくして、外野では、ライト側ファウルラインのすぐ外側に陣取った別のコーチが、一人の親の助けを借りながら、センターの守備位置あたりに集まっていた別の子供たちに向かって、高いフライボールを打ち上げ続けていた。

それら一連の活動が始まってから四十五分ほどが過ぎた頃、外野守備のテストを受けていたグループは内野に移動し、それまで内野にいたグループと全く同じことを行ない始めた。言うまでもなく、それまで内野にいたグループは、ノックを受けるべく外野に移動した。

さらに、ほぼフェアグランド内で繰り広げられていた、それらの秩序ある混沌《こんとん》を横目に、ライト側ファウルグランドのブルペン※6では、もう一つの小さなグループがピッチングを披露し続けていた。彼らのボールを受けていたのも、もちろんキャッチャー志願者たちである。キャッチャー志願者たちは、そことホームプレートの間を、臨機応変に行き来していた。

そこは、四名の監督が最も頻繁に訪れていた場所だった。投げ終えた選手は他の二つのグループのどちらかに合流し、代わりにそれらのグループの中から別のピッチャー志願者が呼ばれる、ということがくり返されていた。

選抜テストが始まってからビルと初めて話したのは、お昼少し前のことだった。彼はバットでゴルフスイングをしながら近寄ってきた。

「おい、隊長。成果はどうだい」

彼にクリップボードを手渡して、私は言った。

「こんなに多くの選手を二時間程度で評価するなんて、至難《しなん》の業《わざ》だよ。とりあえず十段階で評価してはみたけどね。新しく数字が振ってあるだろう？『10』が最高で『1』

が最低。それから、月曜の夜の選択会議の足《た》しになればと思って、個々の選手の特徴をできる限りメモしたつもりだ」

彼はクリップボードを私に返し、何度も頷きながら言ってきた。

「ジョン、俺がアドバイスすることは一つもなさそうだ。完璧だよ……ん？　ところで、ピッチングに関する評価はしてあったか？」

私はクリップボードをもう一度彼に渡し、説明した。

「ピッチャーの評価は、これなんだ。まず『P‐1』……これが最高。それからこの『P‐2』……そして次が、この『P‐3』……。しかし、問題は選択会議で何番目のくじを引けるかだよな。一番くじを引いた人間は、まず間違いなくこの『P‐1』を指名すると思うね」

ビルが頷いた。「お前の言うとおりだよ。このトッド・スティーブンソンは、リーグ一のピッチャーである上に、バッティングもすごいんだ。去年の打率は四割を超えてる。ホームランも五、六本は打ってるよ。投げないときには一塁を守るんだ。まあ、誰もがほしがるスーパースターだね。彼も今年が最後の年だな……ん？　お前、選手全員を十段階で評価してたはずだよな」

※6　ブルペン＝投球練習場

「ああ」

「この子はどうしたんだ？　数字が抜けてるじゃないか」ビルはそう言ってボードを差し出してきた。

「ああ、これね。三十六番。何て言ったらいいか、すごくちっちゃな子なんだ。それで、動きがひどくにぶくて、しかもバラバラなんだよ。どう採点したらいいものか、困ってしまってね。採点しようがないんだ。ただ、それでもこの子はあきらめないんだよね。ひどく遅いんだけど、走るのをやめないし、バッターボックスでは空振りの連続なんだけど、全然へこたれない……知ってる子かい？」

ビルがクリップボードをのぞき込んで言う。「ティモシー・ノーブル……いや、知らない。この町に来たばかりなんじゃないかな」

私は外野を指さした。選手たちがノックを受け続けている。

「左から三番目の子……バギーパンツを履いてる……あの子なんだ。お前がくれたリストによれば十一歳なんだけど、今グランドにいる人間の中で一番小さいんじゃないかな」

ビルが頷く。次の瞬間、その小さな少年が選手たちの群れから離れ、数歩前に出た。後ろで見ている選手たちは、互いに肘でつつき合いながらニヤニヤしている。コーチがノックする次のフライボールを取るのは、明らかにティモシーである。

その少年は、膝を軽く曲げて上体を少し前に傾け、右手の拳で左手のグローブを何度も叩いた。「おいっ……」私は思わずそう言い、息をのんだ。

「どうした？　何があったんだ？」そう言ってビルは外野を見回した。

「いや、別に……何でもない」

とても言えなかった。前傾姿勢でボールを待っているティモシー・ノーブルの姿が、リックと瓜二つに見えた、などということを言えようはずがない。しかし、あの姿は本当にリックにそっくりだった。体格も、私が愛した七歳の息子とそれほど違わない。

ファウルラインの外にいたコーチが、ティモシー目がけて高いフライボールを打ち上げた。ティモシーが上空を見上げる。前後左右に行きつ戻りつをくり返しながら、両手を天に掲げ、それを不規則に、せわしなく動かし続けている。あれでは無理だ。結果は見えている。

やがてボールが落ちてきた。ティモシーが左に動く。続いて右に動く。そして前方に走り出す……と次の瞬間、足がもつれて転倒……芝生に頭からつっこんだ！

後方で見物していたプレーヤーたちは、互いに顔を見合わせ、口や腹を手で押さえながら必死で笑いをこらえている。

数分後に訪れた次のチャンスでも、彼はボールを捕れなかった。飛んできたボールは無情にも、彼の前方二、三メートルのグランド上に落下した。

しかし彼は、そのボールに必死で走り寄り、それをわしづかみにするや急いでコーチに投げ返した。ただし、そのボールが飛んだ距離は三十メートルそこそこだった。

後方の子供たちがいっせいに背を向ける。どうやら彼らは、笑いを隠す新しい方法を見つけたようだ。ティモシーは右手の甲で何度か両目をこすりながら、選手たちの群れに戻っていった。

「いや、本当に小さな子だな……」ビルが言った。「さっき何歳だって言った?」

「十一歳」

「うーん……」ビルがため息をついた。「選択会議では、たぶん最後まで残るだろうな。あの子を預かった監督は大変だ。苦労するよ、きっと。規則で、どの試合にも必ず出さなくちゃいけないんだ。アウトを六つ取るまでは守らせるしかないし、必ず一度は打席に立たせなきゃならない。どこを守るにしても、彼のところにボールが飛んだら、監督は目をつぶるしかないね。たとえ二イニングしか出なかったとしても、チームにとっては大変な重荷になるだろうな」

そうやって話しているうちに、またもやティモシーの番が来た。今回は、ゆっくりと落ちてくるボールの下を通り過ぎてしまい、ボールは彼の背後に落下した。通り過ぎたことに気づいて急ブレーキをかけようとしたために、ボロボロのスニーカーが芝の上で滑り、またもや転倒するというオマケ付きだった。

そして彼は、急いで起き上がって、またもやコーチへの返球を試みた。Tシャツについた草を払い、野球帽のひさしをグイと引くと、ボールに向かって全力で走り、それを拾い上げ、コーチに向かって七、八歩の助走をしてから、渾身《こんしん》の力を込めてボールを投げ放つ……私はもう見ているのがつらかった。あまりにも力を込めて投げすぎたために、体勢を保つことができずに、またもや転倒することになってしまったのだ。しかも今回は、体が半回転して、仰向けにバッタリとである！

一方、彼がそうやって投げたボールは、小さな弧を描いて芝生に落下してからコロコロと転がり、ノックをしていたコーチのちょうど足元に停止した。後ろで見ていた子供たちが、拍手をしながら歓声を上げる。明らかにからかっている。

ティモシー・ノーブルはボールの行き着いた先を確かめると、野次馬たちを振り返り、帽子のひさしに手をやった。

「見ろよ、ビル……」私は静かに言った。「あの子、笑ってるよ」

6　ジョン・ハーディング監督 ………… John Ha-ding of the Angels

選抜テストがあった土曜日の午後、私はベランダに出て、全六十四ページの『リトルリーグ公式規定並びに試合規則』を二度くり返して読み、黄色のマーカーペンでいくつものパラグラフを取り囲む、という作業にほとんどの時間を費やした。

そのルールブックを読み返し始めて間もなく、私は、一度目には読み落としていた短い挨拶文に注意を奪われていた。全米リトルリーグ協会の会長がしたためた挨拶文だった。彼はその中で、いわゆる「監督としての心得」を書き連ねられていたのだが、そのほとんどが、かつて私がビジネスの世界において心掛け続けていたことと、見事に一致していたのである。

優れたリーダーとなるための資質は、どうやら、どんな分野においても共通であるようだ。思いやりを忘れず、人々を理解することに努め、自ら良い手本を示し、協力とチームワークを旨《むね》とし、共通の目標に向かい、人々を激励し、賞賛し、常に自らも進歩を目指す。

これがすべてできれば、どんな分野においても、間違いなく優れたリーダーになれるだろう。こんな賢いアドバイスを、野球のルールブックの中で見つけるなんて。私には予想もできないことだった。

おびただしい数の「しなければならない」「してはならない」が並んだルールブックは、私の心に、かつてのリトルリーグ時代の思い出を何度も蘇らせたが、そのどれもが短命だった。ルールブックの他の箇所を読みながらも、リーグ会長の短い、しかしパワフルなメッセージが頭から離れず、それが私に、自分自身をもう一度じっくりと眺めるよう、促し続けていたからである。

そうやって眺めた自分のなんとひどい姿だったことか。ジョン・ハーディング……男やもめ……肉親はいない……休職中……絶望のどん底……目的喪失……自殺願望。こんなジョン・ハーディングが、リトルリーグのチームを率いたりしていいのだろうか。だめだ。だめに決まってる！

俺がやろうとしていることは、ひどく愚かなことだ。無責任極まりないことだ。あんなに頑張ってプレーしていた子供たち。あの素晴らしい子供たちには、俺なんかよりはるかに相応《ふさわ》しい人がいるはずだ。こんな男が、彼らをどうやったら激励できるだろう。どれほどの思いやりを示せるだろう。現実に打ちのめされている自分に、彼らの気持ちを理解しようとすることなどできるだろうか。

良い手本となる？　彼らを希望と熱意で満たす？　何事も前向きに考え、決してあきらめないよう励ます？　だめだ。何一つできない！　なんせ俺は、この世で最も大切なゲーム、人生というゲームを、あきらめてしまった人間なんだ。

思考能力が定まっていないときに、俺はビル・ウェストの一世一代の売り込み口上《こうじょう》に、ついつい乗っかってしまった。彼はいい奴だ。無二の親友だ。顔を立ててやりたい。でもあの子供たちにとっては、いい迷惑だ。感じやすい年頃で、それぞれがいろんな問題を抱えてもいるだろうに。待てよ、まだ間に合うじゃないか。これからだって断れる。

そう考えた瞬間、私の心にサリーの姿が浮かんできた。彼女は私の監督だった。私が大きな問題にぶつかって悩んでいると、彼女は決まって私の両頬に手を当て、目をじっと見ながら言ったものだ。

「ねえ、ジョン。あなたはこれまで、誰にも、どんなことにも、打ち負かされたことがなかったわよね。そんなあなたを一度も見たことがないわ。それから、何かを途中であきらめたあなたも、一度も見ていない。今回の問題も、あなただったらこれまでのようにちゃんと処理できるわよ。自分自身でいるだけでいいの。そうすればあなたは、きっとこの問題を解決できるわ」

私はルールブックを尻のポケットに押し込み、居間に通じるガラス戸を開けた。居間にゆっくりと入っていった私は、いつしか暖炉の前に立っていた。上体を前に倒して木製のマントルピースに両手を押し当てる。暖炉の床に目を落とすと、すぐ右手に、焚《た》き付け用の木片と古新聞の入った、銅製の小さなバケツが見える。その隣には真鍮製の薪《まき》支えがあり、程良い太さに割られた楓の丸太が高く積まれていた。

サリーは、私たちがこの新しい家の住人であることを正式に宣言できるのは、暖炉に火を入れてからだと主張したものだった。そして彼女は、大至急その宣言をするんだと言って、丸太の仕入れ先を速やかに見つけてきた。わが家のガレージの外壁の一つは、すぐに、配達された丸太でほとんど隠れてしまったものである。

三月のあの肌寒い夜のことが鮮明に思い出される。ミレニアム社での厳しい一日を終えて夜遅く帰宅した私は、赤々と燃える暖炉の火と、そのそばに座って私の反応を心待ちにしている誇らしげな妻の、温かい出迎えを受けた。

サリーは私を見るなり、青い目を大きく見開き、細い両手の指を組み合わせて、まるで慈悲でも請うかのように、おそるおそる尋ねてきた。

「どう？　うまくできたと思わない？」

私の答えはこうだった。

「どうやら、自分の仕事を一つ増やしたようだね、奥さん。特にクリスマスの日には、絶対に欠かせない仕事をね」

そのとき、リックはすでにベッドの中だった。私たちはソファーに並んで座り、手をつなぎ、ときには互いの頭を撫でるなどしながら、黄金と深紅《しんく》が入り交じった暖炉の炎をいつまでも見つめ続けていた。

私はマントルピースをグイと押し、振り向いてソファーに目をやった。寂しさがこみ上げてくる。続いて私は、暖炉の前面を覆っていた黒いメッシュのスクリーンを横に引いて内側に手を入れ、煙突の開閉弁を調節した。

数分後、久しぶりに暖炉に火がともった。たっぷりの薪を所定の台の上に積み重ね、メッシュ・スクリーンを引き戻した後で私はソファーに身を埋《うず》め、暖炉の炎を見つめ続けた。六月の初旬であるということと、抱き寄せるサリーがいないということを除けば、あのときと全く同じようにして……。

ニューハンプシャー州では、各自治体の財政的理由で、二十年ほど前から学区の統合が積極的に押し進められ、小さな町の学校が、大きな町の学校に吸収されて次々と廃校になってきた。しかしながらボーランドは、わずか五千の人口にもかかわらず、その点ではいまだに自立を貫いている。よって、月曜の夜にビル・ウェストの車でボーランド・ハイスクールに着いた瞬間から、私のもう一つの「過去への旅」が始まった。

薄暮《はくぼ》の光が消えようとしていた。しかし私は、一階建ての懐かしい赤レンガ校舎の外観を、どうにか確認できた。自分が卒業した一九六七年以来、ほとんど変わっていない。校舎の中に入り、磨きタイルの廊下を歩く。これも同じだ。壁も見慣れたベージュ色のまま。ポイント、ポイントに掛かるコルク材の掲示板。そこに張り出された生徒たちの美術作品や連絡事項。すべてが懐かしい。

廊下を歩いていて、私はある扉の前で立ち止まった。その扉の上半分を占める曇りガラスには、金色で「4」という数字が描かれていた。数歩先を歩いていたビルが立ち止まり、私を振り返る。私は扉を指さし、説明した。「俺の教室……最後の年の。中に入ってもかまわないかな」

「だめな理由なんかあるもんか」

扉はロックされていた。

私たちはまた廊下を歩き始め、間もなく「8」と記された扉を開き、中に入った。選択会議の会場である。スチュアート・ランドとナンシー・マクラーレンが、教壇机の脇に立っていた。彼らのすぐ後ろにある大きな黒板には、土曜の朝に選抜テストを受けたプレーヤー全員の名が書き出されていた。

「今晩は！……」スチュアートが言ってきた。「どうぞ……好きなところに座ってください。あと二、三分で準備ができます」

他のチーム の監督・コーチ陣は、すでに着席していた。ビルが私の前を歩き、彼らと次々に握手を交わす。そして選抜テストのときに続いて、またもや私を全員に紹介する。私たちは前のほうに空席を二つ見つけ、小さな机と椅子の隙間に、どうにか体を押し込んだ。「どうやら二人とも、卒業以来、少しは成長したようだな』ビルはそう言ってクックッと笑い、自分の腹をなで回した。

スチュアート・ランドが、ガラスのコップをボールペンで連打した。話し声と笑い声がパタリと止《や》む。

「さて、皆さん。今年の選択会議を始める前に、いくつかの重要なポイントを確認しておきたいと思います。まず、去年特定のチームに所属した選手が、今年も自動的にそのチームに所属する、ということにはなりません。チームと選手の結びつきは一シーズンのみ。それが次のシーズンに持ち越されることはありません。選手たちが今年所属するチームは、これから皆さんが行なう選択によって決定されます。よろしいですね？」

ランド氏は部屋の中を見回し、大多数の頭が上下するのを確認した。

「それから、今年のこのリーグに女の子の選手がいないのはなぜなのか……そういう質問を、これまでに私は何度か受けてきました。ご存じのように、男の子同様、女の子にも、参加資格はもちろんあります。そして、これまたご存じのように、過去には多くの女の子がプレーしていました。ところが最近、この町では、女子のソフトボール・プログラムが空前の人気を博《はく》していまして、女の子たちはどんどんそちらに流れている……とまあ、そんな事情があるわけです。そのため今年のわがリーグの選手たちは、この数年来初めて、男一色になってしまいました」

ランド氏が続ける。

「さて、選択会議を始める前に、もう一つ……これは確認ではなく、お願いでございます。監督を務めていただく方々に、自己紹介をお願いしたいと思うのですが、いかがなものでしょう。新しいシーズンに臨む抱負なども、簡単に聞かせていただければ幸いです」

若干の譲り合いの後に、ニューヨーク・ヤンキーズのTシャツを着た筋肉質の男が立ち上がった。

「シッド・マークスです。隣にいるこのダン・ポープの助けを借りて、ヤンキーズの監督を務めさせていただきます。監督になって三年になりますが、今年もあの素晴らしい子供たちの面倒を見られるかと思うと、胸がワクワクしてきます。ダンと一緒に、子供たちが将来、社会人として素晴らしい成功を収められるよう、そしてもっと重要なこととして、幸せな満ち足りた人生を歩めるよう、手助けしたい……そのために必要なことを、少しでも多く教えたい……そう考えております」

続いて、上質のビジネス・スーツに身を包んだ、背の高い白髪まじりの男が立ち上がる。

「ウォルター・ハッチンソンでございます。コーチを務めてくれるアラン・ラメーアは、今日は仕事で来られませんでしたが、彼と一緒にカブズを率いることになっております。監督として二年目のシーズンです。昨年は最下位に終わりまして、今年は優勝をと意気込んでおりますが、皆さん知ってのとおり、勝つことだけがこのリーグの目的ではありません。私は、過去に自分でプレーした経験と、指導者としての経験から、リトルリーグが子供たちの人格形成のための素晴らしいトレーニングの場になり得るものであるということを、信じて疑いません」

次に立ち上がったのは、私のすぐ前に座っていた、背の低いずんぐりとした男だった。

「アンソニー・ピソと申します。ニューハンプシャー広しといえども、この美しい州の中で、孫を持つリトルリーグの監督はおそらく私一人でしょう。今年は、ここにいるジエリー・ハートと一緒に、パイレーツを指揮することにあいなりました。監督を仰せつかってから六年になります。最初の三年間は、孫が私のチームにおりました。彼は今、アリゾナに住んでおりますが、彼こそが、私をこの世界に引きずり込んだ張本人なのでありまます。

これまでに私は、監督として二度の優勝経験がございます。そして今年も、もう一つの素晴らしいチームを育て上げようと意気込んでおります。ただし、今年がたぶん、私にとって監督として最後の年になるでしょう。というのも、かかりつけの医者が、私が試合中にあまりにも興奮するものですから、このままでは私の心臓を保証しないと宣言したからであります。このシーズンの終わりには、大きく胸を張って、リーグを後にしたいものでございます。

しかしながら、忘れてはならない、それ以上に大切なことがございます。私が何にも増して行ないたいことは、十二名の子供たちが人生と呼ばれるこの険しい道の上で、正しい方向に向かって大きな一歩を踏み出すのを、最後にもう一度、手助けすることでございます。ご清聴ありがとうございました」

ピソ氏は独特の笑みを浮かべながら演説を終えた。パラパラと拍手が湧く。「いや、まるで政治家のようだね」私の後ろにいた男が大声で言った。その場にいた人たちのほぼ全員が、いっせいにその男に顔を向け、ニヤニヤしている。私はあっけにとられ、ビルを見つめた。

「アンソニーさんはボーランドの収入役なんだ。もう二十年もね……さて、どうやらお前の番らしいぞ、親友」

私は立ち上がり、深く息を吸ってから話し始めた。

「ジョン・ハーディングでございます。この親友、ビル・ウェストの助けをたんまりと借りて、エンジェルズの監督を務めさせていただく予定でございます。本当に久しぶりにボーランド・リトルリーグに復帰させていただくことになりました。あの素晴らしい子供たちを指導できることは、私にとってとても光栄なことですし、その機会を与えてくださった皆様には、心より感謝いたしております。もちろん、この重要な役割を果たす上で、私自身、勉強しなくてはならないことがたくさんあるはずです。皆様にはあれこれとご相談申し上げることが多くなると思いますが、その節はアドバイスのほど、よろしくお願いいたします。子供たちには、彼らの潜在能力を充分に発揮させるべく、あらゆる機会を与えたいと考えております」

スチュアート・ランドが笑みを浮かべ、私を見て頷いた。

「監督の皆さん、ありがとうございました。それではいよいよ、今夜のメインイベントでございます。選手選択の手順は単純です。まず監督の皆さんに、私のこの古い野球帽の中から、数字が書かれている紙をそれぞれ一枚ずつ、つまみ出していただきます。『1』と書かれた紙を引き当てた監督が、選手を最初に指名する権利を手にすることになります。『2』の紙を引いた監督には、二番目に指名する権利が与えられます。以下『3』『4』と続きます。

　そして公平を期《き》すために、つまり、四チームの戦力をできるだけ均等にする目的で、二巡目の指名は、順序を逆にします。二巡目には、『4』を引いた監督が最初に指名し、以下『3』『2』『1』と続くわけです。三巡目にはまた順序が入れ替わります。つまり、元に戻るわけです。そうやって指名する順序を毎回変えながら、今年は選手候補者が全部で四十八名ですので、同じ作業が全部で十二回くり返されることになります。

　また、一つの選択が終了するたびに、ここにいるナンシーが、皆さんが選択した子供たちの個人的情報である住所、親の名前、電話番号などが記入されたカードをお渡しいたします。それぞれの子供たちに、彼らが今年、どのチームでプレーすることになったのか、最初の練習日はいつなのか、といったことを連絡するのは、監督、あるいはコーチの皆さんの役割です」

　一呼吸おいて、ランド氏は続けた。

「最後にもう一つだけ、大切なことを確認しておきます。シッドとウォルターには、今年のリーグでプレーすることになっている子供がおります。二人とも素晴らしい選手です。これまでの慣習とローカルルールに従えば、彼らはそれぞれ、父親のチームから二巡目に指名されることになります。私はこれを当然のことだと思いますし、極めて公平なシステムだと信じておりますが、いかがでしょう。異議はございませんでしょうか？」

異議を唱えるものは一人もいなかった。

「それでは監督の皆さん、よろしくお願いいたします。この帽子の中から折り畳まれた紙を一枚ずつピックアップして、ナンシーに手渡してください」

私が最後だった。そのため、ランド氏が最後に残った紙片を私の代わりにつまみあげ、ナンシーに手渡した。私は何もしないまま席に戻った。

ナンシーが四枚の折り畳まれた紙片を静かに開く。続いて彼女は、その結果を自分の記録帳に書き記し、その記録帳をランド氏に手渡した。

「えー、皆さん。それでは、皆さんが選手を選択する順番をお知らせします。ビギナーズラック！　最初に選択する権利を獲得したのは、エンジェルズのジョン・ハーディング監督です。以後、ヤンキーズのシッド・マークス監督、カブズのウォルター・ハッチンソン監督、そして残念でしたアンソニーさん……パイレーツのアンソニー・ピソ監督、という順番でございます。ハーディングさん、最初の天使を選ぶ準備はできましたでしょうか?」

「ええ。エンジェルズはまず、トッド・スティーブンソンを指名します」

うなり声とうめき声で教室が満たされた。シッド・マークスがニヤニヤと笑いながら、私を見つめて話し始めた。「トッドが投げるゲームは全部勝てますよ。彼は週に一回は投げるでしょうから、あんたはこれで、すでに六勝を手に入れたようなものだ。優勝間違いなしですね」

「おい、シッド。いいかげんにしろよ。そんなに簡単にいくわけないだろうに」ビルがため息まじりに言った。

「分かってるよ、ビル。冗談だよ……すみません、ハーディングさん」

選択会議は、ほぼ二時間もかかった。監督とコーチが資料を見ながら長々と話し合う光景が頻繁に見られ、ときには廊下に出て秘密会議を開く連中までいたものだ。他チームの監督・コーチたちのほうが、選手たちの特徴をはるかによく知っていることは、もとより明らかだった。しかし私には、ビル・ウェストという強い味方がいた。私は常に彼の判断を仰ぎながら、次々と選手を選んでいった。

いつしか私たちは、選手選択プロセスの最終ラウンドを迎えていた。残る選手は四名。そこに至るまで、どのチームからも指名を見送られてきた選手たちだ。黒板に書き出されていた他の選手たちの名前は、すでにチョークで消されている。

ビルが体を寄せてきて、私のリスト内の一点を指さした。そこには、まだ選択されていない四人のうちの一人、ティモシー・ノーブルの名があった。私はビルと顔を見合わせた。彼が首を何度も振る。

それまでに選択していた十一名の選手たちは、とてもバランスの取れたチームを構成しそうだった。私はその結果に、もちろんまだ紙の上でのことだが、充分に満足していた。そして今や、そこにもう一人の選手が加わろうとしていた。

選択プロセスの最終ラウンドは、あっと言う間に終了した。ピソ、ハッチンソン、そしてマークスが、何の迷いもなく最後の選手を指名した。残るはたった一人。黒板上に、その子の名前だけが消されないで残っていた。

かくして、ティモシー・ノーブルが、私の最後の……十二番目の……天使になった。

7　新生エンジェルズ……the new Angels

ボーランド・リトルリーグの四チームは、選択会議の後でナンシーが配布したスケジュール表に従い、週二回、午後四時から六時までの練習を、次の週から三週間にわたって行ない続けた。

練習用のグランドとしては、ボーランド・リトルリーグパークと、そのすぐそばにある町営の小さめの球場が、各チームに公平に割り振られていた。その小さめのグランドは公園内の一角にあり、シーソーやブランコ、砂場、さらには蹄鉄投げ用のコートなどと肩を並べていた。

三週間の練習期間が終わると、いよいよ公式戦のスタートである。各チームが週二試合のペースで十二試合を戦う、延べ六週間のシーズンだ。どのチームも、他の三チームと四回ずつ対戦することになる。

月曜日から木曜日までの夕方を利用して、すべての試合がリトルリーグパークで行なわれることになっていた。試合開始は、どの日も五時である。雨で流れた試合は、金曜日の夕方か、土曜日の朝に延期されることになっていた。延期になる試合が増えたときには、土曜日に二試合を消化することも可能だった。

そしてやがて、それぞれのチームが全十二試合を戦い終えると、上位二チームによる、リーグ優勝をかけた最後の決戦がくり広げられることになっていた。

選択会議の帰途、ビル・ウェストは、選択した天使たちに電話を掛け、練習日程その他を伝えてやろうかと持ち掛けてきた。しかし私は、「監督を引き受ける以上、それは自分の義務だ」と言って彼の好意を断った。ビルは最初、驚いたようだったが、すぐにホッとした表情を見せ、うれしそうに何度も頷いていたものだ。最初の練習は、リトルリーグパークで、次の週の火曜日、午後四時から行なうことになっていた。

選択会議の次の日、夜七時を少し回った頃、私は子供たちに電話を掛けようとして、ナンシーからもらっていた十二枚のカードに目をやった。

トッド・スティーブンソン、ジョン・キンブル、アンソニー(トニー)・ズーロ、ポール・テイラー、チャールズ(チャック)・バリオ、ジャスティン・ニュアンバーグ、ロバート(ボブ)・マーフィー、ベン・ロジャーズ、クリス・ラング、ジェフ・ガストン、デイック・アンドロス、ティモシー・ノーブル……彼らの名前を見ていると、まるで、リトルリーグの選手ではなく、国連代表を選択したかのようだった。

ビル・ウェストは、選択会議の帰りに私を家の前で降ろすときに、ある穏やかな警告を残していった。私以外の監督とコーチたちはほとんどの子供たちと顔見知りだが、久方ぶりに故郷に帰ったばかりの私は、彼らにとって、いわば見知らぬ人間である。そのため、チームの選手たちに、少なくとも最初は、若干の不安を抱かせることになるかもしれない。彼はそう言った。もっともなことである。私は礼を言った。

そうだ。子供たちの家に電話を入れる前に、話すべきことを整理しておかなくては。私はそう考えてメモを始めた。

電話がつながったら、まず自己紹介をし、プレーヤー本人と話がしたいと申し出る。本人が出たら、あるいは、それが本人であるときには、彼が今年はエンジェルズでプレーすることに決まったこと、私とビルは、彼を優れた選手だと判断したから選んだのだということ、さらには、最初の練習は次の火曜日の四時からだということを申し伝える。

それがすんだら、球場までの足はどうなっているのか、つまり、送り迎えしてくれる人がいるのか、いないのか、ということを、参考までに聞いておく。ちなみに、この質問の結果、私は、ボーランドの子供たちのほとんどが、自転車で町中をたくましく走り回っているという事実を突き止めた。田舎の子供たちの自立レベルの高さを、私はすっかり忘れていた。

プレーヤー本人との話がすんだら、父親とも話す必要がある。父親を電話に出してくれるよう頼み、父親が出たら、自己紹介をした後で、ご子息の面倒を見られることになってとても喜んでいると伝え、何か相談したいこと、提案したいことがあるときには、いつでも電話してくれるよう申し出る。そして、練習や試合をできるだけ見にきてやってほしいと希望し、温かい支援をお願いして電話を切る。父親が不在のときは、母親に出てもらえばいい。

私が最後に電話を入れたのは、ティモシー・ノーブルの家だった。電話に出たのは、明らかにティモシーだった。

「ティモシー・ノーブルだね？」

「はい」

「エンジェルズの監督のジョン・ハーディングなんだけど、君が今年、エンジェルズでプレーすることになったものだから、それで電話したんだ。よろしく頼むよ」

「はい、分かりました！」

「最初の練習は、来週の火曜日。場所はリトルリーグパーク。午後の四時から。ちゃんと来れるね？」

「はい、もちろんです！　必ず行きます！」

「練習は六時までなんだけど、送り迎えしてくれる人はいるのかい？」

「自転車がありますから。それで行きます」

「よし、分かった」

「あっ、ハーディング監督、ちょっと聞いてもいいですか？」

「ああ、いいとも。なんだい？」

「エンジェルズには、他に誰がいるんですか？」

「トッド・スティーブンソン、ポール・テイラー、ジョン・キンブル、アンソニー・ズーロ……知ってる子たちかな？」

「はい。でも、すごいですね。みんな、すごくうまいんです！　僕たちきっと強くなります！」

「君にも期待してるよ、ティモシー。ところで、お父さんはいる？　少しお話ししたいんだけど」

ティモシーの弾んでいた声が、急に何オクターブも下がり、一本調子のかすれ声になった。「パパはカリフォルニアにいるんです」

不意打ちを食らい、私は口ごもった。「え？　あ……ああ、そうなんだ。それじゃ、お母さんと話せるかな」

「ママはまだ帰ってきてません。仕事してるんです」

「そうなのか……分かった、ティモシー。それじゃ、火曜日に会おうな」

「はい。あ、それからハーディング監督？」

「なんだい？」

「僕を選んでくれて、ありがとうございます。一生懸命頑張ります」

「ああ、頼むよ。それじゃね」

私はゆっくりと受話器を戻した。心臓が信じられないほどに大きな音を立てていた。ティモシーと話している間中、私の目は、近くの壁に掛かっていた一枚の写真に向けられていた。やや大きすぎの野球帽をかぶり、膝を曲げて前傾姿勢を取った息子が、金属バットを右肩の上に寝せて構え、カメラをにらみつけている。

私はゆっくりと立ち上がり、ベランダに出た。薄暮の光がまだ微かに残っていた。揺り椅子に腰を下ろした私は、徐々に闇の中に隠れていく遠くの森を、いつまでもぼんやりと眺め続けた。

最初の練習日を待ちわびながらの七日間は、耐え難いほどに長かった。私は、目覚めているあらゆる瞬間を埋めようと、心身両面の、自分にできるあらゆる活動に勤《いそ》しんだ。何もしていないと、すぐそばでいつも口を開けている絶望の沼に、ずるずると引きずり込まれてしまいそうだった。

まず私は、毎朝七時になると自分をベッドから追い出し、朝食を取った後で、草原の先の森までの長い散歩に出ることを日課に組み入れた。続いて午後には、赤い布袋に詰まったゴルフボールと、二、三本のショートアイアンをガレージから持ち出し、裏庭の芝生でアプローチショットをくり返しながら、二本のピンの間を延々と行き来した。

暗くなってボールが見えにくくなると、ジョギングが待っていた。一時間ほどのジョギングから戻ると、シャワーを浴び、パジャマとガウンを身に着け、キッチンに向かう。夕食後も私はキッチンにい続けた。他の部屋に行けば、はるかに快適な椅子があった。しかし私は、キッチンの椅子に座り続け、本を読むことに努めた。

ビジネスマンとして出世の階段を上る過程で、私は歴代の人生哲学書の最高傑作を、片っ端から買い求めては読んでいた。アレンの『「原因」と「結果」の法則』、ヒルの『思考は現実化する』、ピールの『ポジティブ思考のパワー』、ストーンの『ポジティブな心の姿勢による成功』、ダンフォースの『私はあなたをけしかける』といったものをである。

私は毎晩、長い時間をキッチンで過ごし、その種の本に加えて、他の様々な種類の本をも片っ端から読み返していった。深い喪失感を和らげてくれる知恵の言葉、あるいは慰めの言葉の発見を期待しながらである。

そしてある晩、革張りの表紙を身にまとった年代物の金言集《きんげんしゅう》の中で、ついに私はベンジャミン・フランクリンと、紀元前四世紀に生きたギリシャの劇作家、アンティファニーズが語った、貴重な慰めの言葉を発見した。

親しい友人の葬儀の席で、フランクリンは悲しみに沈む人たちに向かい、こう語っていた。

「私たちの誰もが、霊なのです。先立った友人同様、私たちの誰もが、永遠に続く喜びのパーティーに招待されています。でも、私たちが一緒にそこに向かうことはできないのです。私たちは皆、自分の順番を待たなくてはなりません。彼の椅子のほうが、私たちの椅子よりも少し早く用意されていたために、彼は一足先にそこに向かいました。それだけのことなのです。ですから、あなた方や私が、ひどく悲しむ必要はないのです。いずれ私たちも彼の後を追うのですし、どこに行けば彼と会えるのかも分かっているのですから」

そしてアンティファニーズも、驚いたことに、二千年以上も前に同じようなことを書いていた。

「先立った愛する者たちを思い、悲しみに暮れたりはしないことだ。彼らは死んではいない。彼らはただ、われわれの誰もが歩む必要のある旅を、歩み終えただけなのだ。われわれもまた、いずれこの旅を終え、彼らが集合している場所に向かい、そこで再会した彼らと、再びともに生き続けることになる」

過去の賢者たちの言葉を読みながら、私は、かつて母が通夜の席で遺族に投げ掛けていた同じような言葉を、またもや思い出していた。

たとえ誰の口から出たものであっても、この種の慰めの言葉を受け入れるためには、深い信仰が不可欠だ。はたして自分に、それほどの信仰があるだろうか。でも今は、そんなことは言っていられない。ああ、神よ。私は今、彼らの言葉を信じたい！

その長い一週間の間に、私は、しばらく中断していたもう二つの活動を再開した。電話に出ることと、車を運転することである。

水曜日の朝、電話の回線をつないだとたんにベルが鳴った。受話器を上げると、ビルが発する驚きの声が聞こえてきた。その日以来、彼は用事もないのに毎朝電話してくるようになった。いや、一つだけ用事があった。私の様子をチェックするという用事があである。

それと運転だが、これは再開したといっても、ある日の午後に車をガレージから出し、ニューハンプシャーの田舎道を二時間ほど、あてもなく乗り回して戻ってきただけのことである。とはいえ、それで私の長い一週間のうちの二時間は確実に埋まった。

このようにして私は、絶望の沼への転落を回避すべく、そのために自分にできるあらゆることをやり続けた。しかし、それでもなお、一日に一度は書斎に足を向け、あの引き出しの中身を見下ろしていた。そう、机の右袖の一番下の引き出しの中に横たわる、あの拳銃をである。一度だけだが、それを取り出して両手の上に乗せ、しばらく眺めていたこともある。その「死の装置」は、まるで氷詰めにされていたかのように冷たかった。

ようやく次の火曜日が訪れた。私がリトルリーグパークの駐車場に車を乗り入れると、まだ練習開始までにはたっぷりと時間があるというのに、ビルがすでにそこにいて、車のトランクの中から二つの大きな麻袋を出そうとしていた。片方の袋には、キャッチャー用の防具とボールが、もう片方には、バッター用のヘルメットとバットが詰まっていた。

「手伝うよ！」私はそう叫んでビルに近寄り、袋を一つ持ち上げた。

私たちがライトポール脇の入り口を抜けて球場内に足を踏み入れると、すでにやってきていた子供たちがいっせいに走り寄ってきた。駐車場からは、車のドアの閉まる音が次々に聞こえてきていた。母親の激励を背に、子供たちが次々と球場に入ってくる。

ビルが選手たちにボールを渡し、二人一組になってキャッチボールを始めるよう促した。彼らのいでたちは様々だった。ジーパンにTシャツ姿の子供もいれば、前の年のユニフォームを窮屈そうに着ている子供もいる。何人かは野球用のスパイクシューズを履いているが、その他は皆スニーカーだ。

すぐに全員が勢揃いし、六名の列が二つできた。向かい合ったその二つの列の間を、六つのボールが行き交っている。ほとんどの子供が笑顔を見せているが、緊張の色は隠せない。中にはひどく緊張した様子の子供もいる。

ビルと私は、彼らが作りだしていた四角いスペースの周囲をゆっくりと歩きながら、一人一人に自己紹介をして回った。自分がジョン・ハーディングで、隣にいるのがビル・ウェストであると告げた後で、私は彼らに言ったものだ。

「名前で呼ぶのが面倒ならば、監督、コーチと呼んでくれればいい。それから、あまりていねいな言葉遣いはいらない。気軽に話しかけてほしい」

最後に、希望する守備位置と、前の年にもリトルリーグでプレーしたのかどうかを尋ねて、一つの自己紹介が終了。それが一つ終了するごとに、チーム全体の緊張が徐々に薄れていった。

新生エンジェルズの初めての練習は、私の想像をはるかに超えた成果を生み出した。ビル・ウェストが、内野守備志望の選手たちを三組に分け、ショート、セカンド、そしてファーストのポジションに向かわせた。

続いて彼は、ショートとセカンドの守備位置に向けてノックを開始した。次々に選手たちがボールを捕球し、ファーストに送球する。ファースト志願者は二名のみだった。私は一・二塁間の外野寄りに立ち、選手たちのボールさばきを観察していた。

一人あたり数回のノックが終了するのを待つまでもなく、機敏さ、正確さの両面において、ベン・ロジャーズ、アンソニー・ズーロ、ポール・テイラーの三名が抜きんでていることは明らかだった。

しかし、ポールの上半身はたいしたものだ。Tシャツがはち切れそうだ。よっぽどの筋力トレーニングを積まないかぎり、ああはならない。相当の努力を続けてきたに違いない。そのためか、肩も素晴らしく強い。二番手ピッチャーの有力候補だ。

続いて私たちは、外野守備志望の選手たちにも同じことを行なった。センターの守備位置に集合した選手たちのそれぞれに、ビルがまたもや、フライとゴロを織り交ぜて、一人あたり数本のノックを行なう。選手たちは、捕獲したボールをただ一人のキャッチャー志願者、ジョン・キンブルに投げ返す。そのバックホーム投球には、トッドとポール以外のピッチャー候補を探し出す目的もあった。

外野で目についたのは、チャールズ・バリオとジャスティン・ニュアンバーグの二人だった。彼らは動きも鋭く、捕球も正確である上に、肩の強さもずば抜けていた。外野を安心して任せられる上に、ピッチャーとしても充分に使える選手たちだ。ニュアンバーグは内野も守れるという。

外野にはティモシー・ノーブルもいた。ビルはまず、ティモシーに向けて三つのフライボールを打ち上げた。最初の二つは、ティモシーに全く触れることなく地面に落下し、最後の一つは、彼のグローブで大きく弾んで後方に落下した。続いてビルは彼に向けてゴロも打ったが、そのすべてが足の間を抜けていった。

二度目の練習は、同じ週の木曜日だった。場所はまたもやリトルリーグパーク。私たちはまず、最初の練習での観察結果をもとに、全選手を特定の守備位置に着かせた。ビルが順序正しくノックを続けている間、私は手の空いている選手たちのもとを次々に訪れ、フライとゴロの正しい捕り方、そして、私が野球選手にとって何よりも大切だと信じるボールの正しい投げ方を、個人指導して回った。

その日の練習で最も強い印象を受けた選手は、キャッチャーのジョン・キンブルだった。上背《うわぜい》はあまりないが、筋肉質のがっしりとした体の持ち主で、肩の強さが半端ではない。彼のセカンドへの送球には、思わずうならされたものだ。

しかも彼は、キャッチャーとしての経験をすでに二年にわたって積んでいた。いいキャッチャーを持たない野球チームは、プロ・アマを問わず、大きなハンディキャップを背負ってプレーしなくてはならない。わがエンジェルズは、キンブルがいてくれて本当に幸運だった。

三度目の練習のテーマは、バッティングだった。場所は公園内の球場。私がピッチャーを務めたのだが、あまりにも多くのボールを、あまりにも久しぶりに投げたために、最後の頃には腕が震えだす始末だった。一方ビルは、私が投げている間、クリップボードを抱えてバッターの真向かいに立ち、メモを取り続けていた。

そしてもちろん、打席内で子供たちが明らかな欠点を露呈《ろてい》したときには、その都度練習を中断し、二人がかりで速やかにその矯正《きょうせい》に努めたものだった。

われらがスターピッチャー、トッド・スティーブンソンは、バッティング面でも明らかにチーム一の選手だった。直すべきところは一つもない。左打席に陣取った彼は、思わずうっとりとさせられるほどの滑《なめ》らかなスイングで、私の投げたボールを数度にわたって外野フェンスの外に運び去った。彼は、近頃ではそう珍しくはないが、右投げ左打ちの選手だった。

キャッチャーのキンブルも、なかなかのバッターである。投げるのと同様、打つほうも素晴らしくパワフルだ。彼はすでに、チームメイトたちから「タンク（戦車）」というあだ名をもらっていた。

他にバッティングで目立ったのは、ポール・テイラーとジャスティン・ニュアンバーグだった。ニュアンバーグはチーム一背が高い。トッドが投げているときには一塁の守備に就くことになるだろう。先日の練習では、外野の守備にも非凡さを発揮していた。よって、チャールズ・バリオが投げるときには、トッドにファーストを譲り、外野に行くことになるだろう。ポールが投げるときには、三塁も守れる。ビルと私はそう考えていた。

三度の練習を終えた時点で、八名のレギュラー選手がほぼ確定した。スティーブンソン、キンブル、ズーロ、テイラー、ニュアンバーグ、バリオ、マーフィー、そしてロジャーズの八名である。ベン・ロジャーズは、打つことに関してはやや難があるが、守りは天才的だ。守備の要《かなめ》であるショートを安心して任せられる。

もう一人のレギュラーは、クリス・ラング、ジェフ・ガストン、ディック・アンドロスのうちの誰かになるだろう。三人とも潜在能力は充分だ。練習と経験を積むことで、どんどんうまくなるに違いない。

そしてもう一人、ティモシー・ノーブルがいた。一番最後に打席に入った彼に、私は、できる限り遅いボールを投げ続けたのだが、それを彼は、いつになってもバットに当てられない。彼が空振りするたびに、チームメイトたちのクスクス笑いが聞こえてきたが、私が彼らを睨んだときから、その笑いは聞こえなくなった。

しかし、あのぎごちない構え方と極端なダウンスイングでは、おそらく、いつになっても当たらないだろう。あまりにもひどすぎて、アドバイスのしようがない……。

私が途方に暮れていると、ビルが私を見ながら自分の腕時計を指さした。六時まであと五分しかなかった。私は子供たちを通じてすべての親に、六時までには必ず練習を終えると約束していた。それで親たちは、夕食の計画を立てやすくなる。

私はグローブを腋《わき》の下に挟み、手を叩きながら大声で言った。

「さあ、みんな、今日はここまでだ！　次の練習は、木曜日！　リトルリーグパークで、四時から！　いいね！」

子供たちがいっせいに駐車場に向かう。しかしティモシーは、バッターボックスに立ち続けていた。浮かない顔で、手に持ったバットをぎごちなく振り続けている。

私はダグアウトに目をやった。ビルがバットとヘルメットを袋詰めにしている。他の子供たちは、すでに全員がグランドを後にしていた。

私はゆっくりとバッターボックスに近づき、ティモシーに話し掛けた。

「ティモシー、少し話そうか。時間はあるかい？」

「はい……大丈夫です」少し震えたような声で彼は答えた。

「ティモシー……」私は言った。「頑張って練習しさえすれば、お前だって、きっといい選手になれると思うぞ。他の連中よりも、ちょっとだけ余計に練習すればいいのさ。人間はどんなことでも、頑張れば頑張っただけ、うまくなれるんだ。よかったら、打ち方や守り方を特別に教えてやろうか。みんながいるときには、お前だけに時間を掛けるわけにはいかないけど、みんなが帰ってからだったら問題ない。どうだい。みんなが帰った後で、二人っきりでやってみないか？　ほんのちょっとしたことを習うだけで、スイングもずっと良くなるし、フライだってゴロだって、ずっとうまく捕れるようになると思うけど……どうする？」

私はいつしかしゃがみ込み、自分の目をティモシーの目と同じ高さにして話していた。彼が半歩前に出たとき、私は一瞬、その小さな男の子が私の腕の中に飛び込んでくるのではないかと思い、ハッとした。

「いいんですか？……」ティモシーが下唇を噛みながら言ってきた。

「お母さんは何て言うだろうね？　その分、帰りが遅くなるわけだから。夕食の支度とか困らないかな？」

「それなら大丈夫です。ママが家に戻ってくるのはいつも八時頃ですから。コンコードのスーパーで働いてるんです。月曜から金曜まで、毎日、十一時から七時まで」

理由は分からなかった。しかし私は、涙を必死でこらえていた。

「よし、ティモシー。それじゃ、やってみようか……そうだ、いっそのこと、今日から始めないか？　どうだい」

彼の茶色の目が大きく開かれる。薄いそばかすの帯が、片方の頰から鼻を越えてもう片方の頰まで走っている。そばかすがあったなんて、今の今まで気づかなかった。

「はい！」ティモシーが元気に頷く。

「ただし、ティモシー。他の連中には内緒だ。監督がお前だけを特別扱いしてるって、大騒ぎになるかもしれないからな。分かったか？」

ティモシーが頷いたのを見て、私はダグアウトに目をやった。ビル・ウェストが、ニコニコしながらこちらを見ている。二人の会話が彼の耳に届いていないことは明らかだった。しかし彼は、私と視線が合うや間髪《かんはつ》を入れずに言ってきた。

「ボールとバットを置いてくよ。袋もな。二人でたっぷりと楽しんでくれ。俺はいなくてもいいだろ？　それじゃ、二人とも木曜日に会おう」

「おやすみ、ビル」

8　毎日、毎日、あらゆる面で……day by day in every way …

わが天使軍団は、本番前十日間に行なった三度の練習で、ビルと私の期待をはるかに上回る進歩を遂げた。

どんなスポーツでも、一般にコーチというものは、選手に高等技能を教えたり、高等戦術を叩き込んだりすることに、練習時間のほとんどを費やそうとするものである。しかし私たちの仕事は、守備と打撃と走塁の基本と、試合のルールを教えることだった。しかも、一つのことに五分以上集中できたら大したものだと言われる年齢の、エネルギーのあり余った、活発この上ない子供たちにである。

最後の三度の練習、つまり、四回目、五回目、六回目の練習では、毎回、最初の一時間が打撃と走塁に、次の一時間が守備とルールの確認に費やされた。

また、トッド・スティーブンソンとポール・テイラー、チャールズ・バリオ、ジャスティン・ニュアンバーグの四人には、四回目の練習のときから他の選手たちよりも三十分早く球場に来させ、ビルと私を相手にピッチング練習を行なわせたりもした。彼らの肩を強化するためと、彼らのピッチャーとしての能力を、より正しく見極めるためにである。

トッドがエースピッチャーであることは、もとより決まっていた。しかし残りの三人は、トッドが投げないときの先発投手の座をめぐって、しのぎを削っていた。ビル・ウエストによれば、テイラーとバリオはどちらも、前年のシーズンで少なくとも一度は勝利投手になっているという。ニュアンバーグも素晴らしく速い球を投げており、無視するわけにはいかない。

バッティング練習では、ビルと私が交互にピッチャーを務めた。片方がバッターに打ちごろの緩い球を投げている間、もう片方はバッターの正面や後方に立ち、ありとあらゆるアドバイスを与え続けたものである。

「軽いバットに持ち替えてみたらどうだい?」「お前は、もっと重いバットを持ったほうがいいかもしれない」「ホームプレートから少し離れてみな」「もっとベースに近づいたほうがいいんじゃないか?」「ボールに頭から突進したら打てないよ。頭を後ろに残して、左足をピッチャーに向けてしっかりと踏み出してからスイングするんだ」

ビルが、今やピッチャー候補でもあるサードベースマン、ポール・テイラーに、構えたときの両足の間隔を肩幅まで広げてみるようアドバイスする。するととたんに、われらが筋肉マン、ポールは、より快適で安定したその構え方から、レフトオーバー、センターオーバーの柵越えを連発。歓喜、興奮、そしてまた柵越え！

われらが名ショート、ベン・ロジャーズは、バッティングと薪割りを混同していたようだ。ティモシーも真っ青の、超ダウンスイング……これでは、空振りをするか、目の前のグランドにボールを打ち込むかのどちらかしかない。あんな華麗な守備を見せる選手が、こんなひどいバッティングをするなんて……私は信じられない思いだった。

彼はいつも静かで、笑顔をほとんど見せないが、四度目の練習日に打席に入っていたときの彼は、いつにも増して表情が暗かった。私たちは、その少年の肩と腰を、構えたときに水平になるよう矯正した。するとたんに、彼のバットが、私の投げるボールをはるかにまともに捕らえ始めた。センターとレフトへの大きなフライを三つ続けた後、カキーン！　低いライナーで三塁手の頭上を越えていったそのボールはグングンと勢いを増し、やがて、フェンスの少なくとも三メートル上空を越えて球場の外に消え去った！

「バッティングを終えて外野に向かうときの彼は、もはや「ポーカーフェースのベン」ではなくなっていた。うつむき加減で走る彼の顔に大きな笑顔が浮かんでいたのを、私の目は見逃さなかった。

限られた時間の中で練習効率を高めるべく、私たちは走塁練習を守備練習に組み込んで行なった。ランナーは常に積極的に走らなくてはならない。しかし同時に、ボールの行方をしっかりと確認しながら走る必要がある。私たちは、特に後者の大切さをくり返し説明した。

私たちはまた、全員に基本的なバントの仕方を教えるとともに、本塁から一塁、一塁から二塁へと走らせ、ストップウォッチを用いて彼らの足の速さを確かめたりもした。トッド・スティーブンソンとトニー・ズーロの二人が飛び抜けて速かった。

一方、ティモシーは例外として、一番足が遅かったのはタンク・キャンブルだった。彼が一塁から二塁に走っているとき、そのあまりの足の遅さに、われらがコメディアン、ボブ・マーフィーは言ったものである。「あれじゃもうタンクなんて呼べないな。本物のタンクに悪いよ。タンクって、結構速いんだから！」

練習時間の最後三十分は、ルールの確認に費やされた。ただし、全六十四ページの『リトルリーグ公式規定ならびに試合規則』に記されたすべてのルールと付帯《ふたい》条項に触れることは、もとより不可能なことだった。

そこで私たちは、試合中にくり返し発生しそうな状況に的を絞り、それらの状況に関連したルールを重点的に説明した。たとえば、走塁中に飛んできたボールに当たらないようにするのはなぜなのか、塁に出たランナーはいつベースを離れることができるか、そして特に、観客や敵の選手、審判たちにどんな態度で接するべきか、さらには、それに反した態度を取ったときにはどんな罰を与えられるのか、といったことをである。

そして今や私には、自分の心と時間をさらに埋めることのできる、もう一つの活動があった。チームの練習が終わってから行なった、ティモシー・ノーブルへの個人指導である。

三回目のチーム練習が終わったばかりの夕方、最初の秘密特訓を始める前に、私たちはまずダグアウトに腰を下ろした。

「ところで、どうなんだい、ティモシー。野球を始めてからもう長いのか？」

彼はうつむき、床に届かない足をブラブラさせているだけだった。

「ティモシー？」

首を左右に何度も振ってから、彼はボソボソと話し始めた。

「ドイツのベルリンに、ずーっと住んでたんです。パパが軍隊にいたから。それで、向こうの子供たちは、みんなサッカーばかりやってて。僕もやったけど、あまりうまくできませんでした。足が遅かったから。それで、去年アメリカに戻ってきて、ここに住むことになったんだけど、すぐにパパが出てっちゃって。戻ってこなくなっちゃったんです。ママ、悲しそうだった。それでママ、パパと離婚したんです」

前に電話で聞いた声と全く同じだった。覇気《はき》もなければ抑揚《よくよう》もない。パパはいないんだ……この前も言ったじゃないか……もうパパの話はさせないでよ！　彼の気持ちが手に取るように分かった。

「すると、お前はまだ一年かそこらしか野球をやってないのか」

彼の顔に生気が戻った。彼は元気に頷き、額に垂れていたブロンドの髪を古い野球帽の中に押し込んだ。続いて彼は、小さな胸を大きく張って両の拳を強く握りしめ、それを頭上にかざして大声で叫んだ。

「でも、毎日、毎日、あらゆる面で、僕はどんどん良くなってるんです！」

「ん？　今、なんて言ったんだ？」私は唾を飲み込んだ。

「毎日、毎日、あらゆる面で、僕はどんどん良くなってる！」

私は自分の耳を疑った。こんな言葉を、どうしてこの子は知っているんだろう……こんな小さな子が、どうして……私は深く息を吸い、自分を落ち着かせようとした。

ビジネスマンとして出世街道を歩み始めた頃、私は、以後の自分の人生に素晴らしい影響を及ぼしてくれた、一冊の本に巡り合った。フランスの心理療法学者、エミール・クーエが二十世紀初頭に書いた『意識的自己暗示による自己支配』という本だが、その中でクーエは、「心身双方の病気のほとんどは、ポジティブな自己暗示によってきれいに取り除ける」と断言していた。

最終的にクーエは教祖的な存在になり、彼の講演はイギリスやアメリカでも爆発的な人気を集めることになった。彼は、自分が手にしたいと願う状況を、自分に向かってくり返し言い続けるだけで、心身の病気を含む、人生で直面するほとんどの問題を克服できると主張し、それを膨大な数の人々が信じたのである。

彼の主張を裏付ける上で最も大きな役割を果たしたのが、「毎日、毎日、あらゆる面で、私はどんどん良くなっている！」という自己暗示のフレーズだったのだ。まさに無数の人々が、このフレーズを心の中で、また口に出して、くり返し唱え続けた。

私もまた、このパワフルな自己暗示のフレーズを、古本屋で買った革張りの本の中で見つけて以来、くり返し唱え続けたものだった。そしてそれは、私のためにも素晴らしく機能した。第一に、私はこのフレーズの内容を信じていたからである。

このフレーズは、私の心を楽観的で希望に満ちた状態にいつも保ってくれていた。私の心の姿勢は、どんなに厳しい状況の中でも常に前向きだった。自分は毎日成長しているんだ！　自分は必ず成功する！

私は、明日になれば状況が好転することを知っていた。世界に、そして自分自身に、

「毎日、毎日、あらゆる面で、自分はどんどん良くなっている！」と断言していながら、後ろ向きな思いをめぐらしたりすることなど、私にとってはほとんど不可能に近いことだった。

クーエと彼の自己暗示技法は、大恐慌が発生した頃にはもはや完全に過去のものとなっていた。人間とはいつの世にも、常に新しいものを求めたがるものである。医学や心理学の分野におけるあらゆるパイオニアたち同様、彼もまた、人気絶頂期においても様々な批判にさらされていた。

しかしながら私は、前向きな自己暗示を通じて潜在意識内に刻まれた前向きな思いは、必ず前向きな結果を発生させる、ということを知っていた。

「ティモシー……」私はもう一度深く息を吸い、ゆっくりと吐き出した。「そんな言葉、どこで覚えたんだ？」

「メッセンジャー先生に教わったんです。お医者さんです。すごい歳はとってるけど、とってもいい人です。僕とママにいつもすごく親切にしてくれて、この前会ったときには、僕とキャッチボールをしてくれました。そのときに僕に言ったんです。この言葉を、毎日何度も言い続けたら、何をやってもうまくできるようになるって。野球だってうまくなれるって言ってました……それでね、メッセンジャー先生、僕が練習してるところを見に来てくれたりもしてるんです」

「そうなのか。それで、今日も来てたのか？」

「はい。一塁側のベンチの上のところにいました。カウボーイハットをかぶって。頭は全部白髪です。僕にときどき手を振ってました」

「それで、教えてもらった言葉はそれだけ？　他にもあるのか？」

「絶対、絶対、絶対、絶対、絶対、絶対、あきらめるな！」

私はこれも知っていた。ウィンストン・チャーチルがオックスフォード大学の卒業生に贈った、これまたこの上なく単純で、とてつもなくパワフルなフレーズだ。

「それも言い続けてるのか？」

彼は頷いて言った。「僕は絶対にあきらめません」

私たちの秘密特訓の初日は、バッティング練習に費やされた。まず最初は私が手本を示し、それを可能な限りまねさせた。足の開き方からバットの構え方、そしてスイングの仕方に至るまでのすべてをである。これは思った以上に効果があった。

十分ほどして、私が投げるボールを彼が打つ練習に移行した。私は一球投げるごとに、足の位置やバットの構え方、振り方などに関する欠点を指摘し、それを修正するためのアドバイスを送り続けた。それほどしないうちに、ティモシーは、私に向かって左足を軽く踏み出してから上半身を回転させることで、体のバランスを最後までしっかりと保ちながら、バットをほぼ水平に振れるようになっていた。

バットがボールに当たったのは五、六回だけだったが、彼は明らかに、少しずつ自信をつけつつあった。そして何よりも、私との練習を楽しんでいるようだった。

さらに私たちはバントの練習も行なった。最初彼は、正しいバントの姿勢を取れなかった。と同時に、腕がコチコチだった。しかし間もなく、ピッチャーに正対《せいたい》して膝を折り、上体をかがめ、腕をリラックスさせた体勢から、三塁側に立て続けに数回のバントを成功させるまでに上達した。

その晩、私はビルに電話をした。

「どうだい、調子は。このままやれそうか？」

私の声を聞くなり、ビルはそう言ってきた。まだ私のことが心配らしい。

「今のところはな」

「あのちっちゃな天使はどうだった？」

「悪くない、悪くない。どんどん良くなってる。それに……」

「ん？　どうした？」

「いや、何でもない。ところで、ビル。ちょっと聞きたいことがあるんだ。メッセンジャー先生……医者の……知ってるか？」

「誰だって知ってるよ、ジョン。この町の人間ならな。あのおじいちゃん先生は、もう長い間、町民の体の面倒を一人で見続けているんだ。ジョンズ・ホプキンズ大学のお偉いさんだったらしいんだけど、退職してね。その後すぐ、当人に言わせれば、二、三個のトマトを育てるためと数個のゴルフボールを打つために、ボーランドにやってきたんだそうだ。誰でも知ってることさ。で、それはまあいいんだけど、彼が来てすぐに、ボーランドにそれまでいた、たった一人の医者が、急にシアトルに引っ越しちゃったんだよ。つまり、俺たちの体の面倒を見てくれる人間が、突然、一人もいなくなってしまったわけだ。


その窮地を救える人間は一人しかいなかった。あの先生がやるしかない。そこで彼は現役に戻った。それ以来ずっと、この町の救い主であり続けてきたんだ。大したもんだよ、あの歳で。年寄りやちっちゃい子のために、往診までやってるよ……でもお前、なんで今メッセンジャー先生なんだ？　どこか悪いのか？　医者が必要なのか？」

「いや、いや、そうじゃない。実はね、ティモシーから聞いたんだよ。その医者がよくできた人物だってことをね。どうやら、相当の人物らしいね。ティモシーが言ってたけど、今日、練習を見にきてたらしいな」

「え？　ああ、きっとあれだ。一塁側スタンドの上の方にいたよ。確かにあの帽子は彼の帽子だ。骨董もののカウボーイハットさ。いや、チラッとは見たんだけど、やることがたんまりとあってね。分かるだろ？　それで頭が一杯だったもんだから。彼が練習を見にくるなんて、思ってもみなかったしな」

「ティモシーが言うには、彼はティモシーを見にきてるらしいね」

「うーん……まあ、なんとも言えないね。彼は、うちの天使たちのほとんどを取り上げているからな。だから俺の想像だけど、連中の全員に目を向けてるんじゃないかな。まあ、いずれにしても、たいした男だよ。九十近くにはなるだろうに、あの元気だ。ゴルフもまだまだ現役だし。あの歳にしては驚くほど飛ぶよ。お前も見たら絶対に驚くね」

二人で行なった練習の最後の二回は、守備と走塁がテーマだった。フライを捕る練習は、私が手でほぼ真上に放り投げたボールをキャッチさせることから始まった。ボールの下に入ったら、両手を揃えて目線の少し下に持っていき、そこにゆったりと固定する。そして落ちてきたボールを、それが顔に当たる寸前にグローブでわしづかみにし、間髪を置かずに、下から右手を添えるようにする。これが私の指示だった。

ティモシーは徐々に要領をつかみ、やがて、ボールの捕獲に十回ほど連続して成功を収めた。よし、もういいだろう。私はバットを手にし、彼をセンターの守備位置に向かわせた。「ティモシー、もっと前に来な！……もっとずーっと前……そう、そこでいい。さあ行くぞ！」

グローブを拳で叩いて待ち受けるティモシーに向かい、私は山なりの緩いフライボールを打ち上げ始めた。すぐに私は、飛んでくるボールに対する彼の反応が、異常に遅いことに気がついていた。ボールが打ち上げられてからその方向に向かってスタートを切るまでに、かなりの間があるのだ。

もしかしたら、目が悪いのかもしれない。そう思って尋ねてみたのだが、五月に学校で受けた視力検査では正常だったという。単純に反射神経が鈍いということなのだろうか。そうかもしれない。だとしたら、練習あるのみだ。

ティモシーはまた、足の遅さも異常だった。フライを追い掛けるときにも、ベース間を走るときにも、なかなか前に進まない。手を抜いていないことは明らかだった。走っているときの彼は、いつも歯を食い縛り、顔を歪めていた。

私は気になって尋ねてみた。

「ティモシー、走るとどこか痛いのか？」

「いいえ、別に……」彼は喘《あえ》ぎながら答えたものだ。「もっと速く走りたいんだけど……足がなかなか動かなくて……でも、きっと動くようになります。待っててください。

僕は絶対にあきらめません。絶対に！　絶対にもっと速くなります！」

シーズン本番を前にした最後のチーム練習の後で、選手たちはエンジェルズの公式ユニフォームを支給された。スクリプト体の大きな「A」を左胸にあしらった、グレー地のユニフォームだった。胸マークの色は、帽子、およびストッキングと同じ、ダークブルー。

ユニフォームの入った箱を選手たちに手渡しながら、ビルは言ったものだ。

「サイズはみんなピッタリのはずだ。寸法を測ったのは俺だからな。たぶんピッタリだと思うよ。いや、ピッタリであってほしい。そうであることを、祈る！」

さあ、やることはやった。あとは開幕を待つだけだ。後ろにティモシーが立っているのに気づいたとき、私はバットとボールを袋に詰めていた。

「どうした？　ティモシー」

「監督、いろいろ教えてくれて、ありがとうございました。それから、ママにも頼まれてるんです。本当にありがとうございました。これはママの分です」

私は頷き、微笑んだ。ティモシーが続ける。

「僕は今、前よりもずっとうまくなってます。僕にはそれが分かるんです」

「ああ、そのとおりさ、ティモシー」

ティモシーがニコッと笑い、私の目をじっと見ながら言う。

「毎日、毎日……あらゆる面で……」

私はまた微笑み、彼に握手を求めた。

「幸運を祈るよ。お前はきっといいプレーができる」

彼は目をキラキラさせながら元気に頷いた。私は彼を両手で持ち上げ、ギュッと抱きしめたかった。リックにいつもしていたように……。

「おやすみなさい、監督」

「おやすみ、ティモシー。いいか、忘れるなよ。最初の試合は次の火曜日。相手はヤンキーズ。四時までにはここに必ず来ること。いいな」

私は、彼が駐車場に行き、自転車に乗り、走り出してやがて木立の陰に消えていく様子を、そこに立ったままじっと眺めていた。

続いて私はダグアウトに入り、腰を下ろした。間もなく辺りは暗くなった。しかし私は、なおもしばらくの間そこに座り続けていた。自分自身を支えるための強さを与えてくれるよう、神に祈りながら……。

9　ティモシーの手痛いエラー……Timothy's costly error

公式戦開幕の日、ビルと私が用具類を抱えて球場に入ると、白いキャンバス布で覆われた三つの真新しいベースがすでにダイヤモンドに埋め込まれていた。初戦の試合はわがチームのホームゲームであったため、私たちは三塁側ダグアウトに陣を取った。

ビルがボールの箱を開き、天使たちがダグアウト前でキャッチボールを開始する。ヤンキーズの監督シッド・マークスが、私たちに向けて手を振り、ダイヤモンドを横切って歩いてきた。私たちは握手を交わし、互いの幸運を祈り合った。

間もなく守備練習が始まった。ヤンキーズの練習が終わり、私たちの番が来た。ビルに外野手たちの世話を頼み、私はホームプレートに向かった。サードのポール・テイラー、ショートのベン・ロジャーズ、セカンドのトニー・ズーロ、そしてファーストのジャスティン・ニュアンバーグにノックをするためにである。彼らは明らかに緊張してはいたが、ボールさばきは鮮やかだった。

三塁側ダグアウトの後方では、すでに少し前から、トッド・スティーブンソンがタンクを相手に投球練習を始めていた。一塁側ダグアウトの後方でも、ヤンキーズの左投げのエース、グレン・ガーストンが熱の入った投球を行なっていた。

ガーストンは実に滑らかな投球フォームの持ち主で、選択テストのとき、トッドに匹敵するほどの印象を私に与えたものだった。この開幕試合は、おそらく息詰まる投手戦になるだろう。私はそう予想していた。

やがて、駐車場に接したライト側の球場入り口から、二名の審判員が入場してきた。両名とも、ダークブルーのオープンシャツと、同色のズボン、同色の帽子に身を包み、一人は防御用の胸当てとフェースマスクを手にしている。

彼らはホームプレートに到着するや、シッドと私を呼び寄せた。握手のやり取りがすんだ後で、胸当てを手にした審判がその球場のたった一つの特別ルールを確認した。打球が外野のフェアグランド内に落下してから外野フェンスを越えたときには、越える前に何回バウンドしようと、すべて二塁打にする、というものだった。外野フェンスの高さは一・五メートルちょっとである。

場内アナウンスは、ボストンの大手ラジオ局で三十年以上にわたって朝の顔であり続けたジョージ・マコードが、数年前にボーランドに退いてからずっと担当していた。

「私が無報酬で引き受けた、これまでで最高の仕事だよ」

彼は会う人ごとにそう言い続けていた。私の耳に入っていた彼に関する噂は、どれもが、彼のアナウンス能力を手放しで褒めちぎるものばかりだった。

「彼の場内アナウンスはすごいよ。どんな選手が出てきても、まるで九回裏、同点の場面で、テッド・ウィリアムズが出てきたんじゃないかと思うほどさ」

二人の審判とのミーティングが終わると、スチュアート・ランドを紹介するジョージ・マコードのハスキーボイスが場内にこだました。マコードはバックネット裏にいて、樫の木製の重そうなテーブルに肘を立てていた。

ランドが、ボーランド・リトルリーグの四十四度目の開幕を、劇的な言い回しで宣言する。続いて彼は、エンジェルズの選手、監督、コーチに、ホームプレート脇から三塁線に沿って一列に並ぶよう求め、ヤンキーズにも一塁線に沿って同じように整列するよう促した後で、われらがトッド・スティーブンソンを名指ししてきた。

「トッド、ピッチャーマウンドに立ってくれないか。選手宣誓でみんなをリードしてほしいんだ」

トッドがビックリした顔をして私を見た。私にとっても驚きだった。私は微笑んで、彼の肩を叩いた。トッドが意を決し、小走りでピッチャーマウンドに向かう。

マウンドに立ったトッドが左手で帽子を取り、右手を胸に当てた。そして緊張した顔で「リトルリーグ選手宣誓」をリードし始める。声が震え気味だ。しかしそれも、後に続いた残り二十三名の元気な声の合唱に、あっと言う間に飲み込まれ、私はホッと胸を撫で下ろした。

「私たちは神を信じています。私たちはこの国を愛しており、この国の法律を敬います。私たちは勝利を目指して正々堂々と戦い、試合の勝ち負けにかかわらず、常にベストを尽くすことを誓います！」

選手宣誓が終わり、子供たちが走ってそれぞれのベンチに向かう。すぐに天使たちは、ビルの指示で全員がベンチに座った。緊張した顔がずらっと並んでいる。私はその一つ一つに視線を送りながら、ダグアウトの階段の一番上に腰を下ろした。

「さあみんな、聞いてくれ。お前たちはこれまで何週間もの間、今日を目指して頑張ってきた。試合に集中して、これまで練習してきたことをそのままやり続けるんだ。それだけでこのチームはどこにも負けない。忘れるなよ、エンジェルズは素晴らしいチームなんだ。さあ、グランドに出て、エンジェルズがリーグ一のチームであることを証明してやろうじゃないか。いいな！」

「みんな、絶対にあきらめるなよ！」小さなティモシーが突然大声を上げた。

「そうだ！……」トッドが続いた。「あきらめるな！」そしてチーム全員の大合唱。

「あきらめるな！　あきらめるな！　絶対、絶対、あきらめるな！……」

　主審が私たちのほうを見てダイヤモンドを指さした。

「さあ行くぞ、みんな……」ビルが吠えた。「思いっきり暴れてこい！」

　観衆の拍手、歓声、口笛、指笛に送られて、天使たちが守備位置に走る。ヤンキーズの面々がゆっくりとダグアウトから出て一列に並ぶ。

　私は緊張していた。それほどの緊張を感じたのは、ミレニアム社の取締役陣を前にして初めてスピーチを行なったとき以来だった。

　ボーランド・リトルリーグパークに集った人々の全員が立ち上がり、バックネット上部に取り付けられていたスピーカーから国歌が流れ始める。どちらのチームの選手たちも、帽子を胸に当て、バックスクリーン脇の旗竿《はたざお》の方に顔を向けて直立不動。彼らはその姿勢を、音楽が終わるまで取り続けた。私がリトルリーグで最後にプレーしてから三十年近くが経過しているというのに、初戦前のセレモニーは、当時と何一つ変わっていない。

　さあ、セレモニーはこれですべて終わりだ。われらが先発投手トッドが、最後の投球練習を始める。

　マウンドに向かう前のトッドに、私は何も言わなかった。いかなるアドバイスも与えず、いかなる激励の言葉も口にしなかった。彼はブルペンでの投球練習で、素晴らしい球を投げていたし、充分に落ち着いてもいるようだった。今さら何を言っても、よけいな緊張を与えるか、集中力をとぎれさせるだけだ。私はそう判断していた。

私はダグアウトに入り、ビルの隣に座った。彼の向こう側には、三人の控え選手……クリス・ラング、ディック・アンドロス、ティモシー・ノーブル……が身を寄せ合うようにして座り、息を殺してダイヤモンドを見つめていた。

「なあ、ビル……」私は言った。「この見物人の数、俺には信じられないよ。火曜日の、まだ五時だよ？　だというのに、スタンドはほとんど満員じゃないか。千人近くはいるということだよな。人口五千の町のリトルリーグの試合に、しかもこんな時間に、こんなに多くの人が集まるとはね。信じられないよ」

「いや、ボーランドではこれが当たり前さ、ジョン。まず、子供たちの家族や知り合いがわんさと来てる。それから、スタンドをよく見れば分かるけど、子供たちとは縁もゆかりもなさそうな年配の連中がまた、たんまりとやってきてるんだ。退職した後で暖かいところに引っ越す気にならなかったか、そうする余裕がなかった連中さ。彼らにとって、リトルリーグはもう人生の一部でね。シーズンが始まると、お気に入りのチームを一つ選んで、そのチームをずっと応援するんだ。リトルリーグは、いわば彼らに、やるべきこと、出かけていく場所、それからたぶん、朝になったら目を覚ましてベッドから起きあがる理由まで、提供してるんじゃないかと思うよ」

朝になったら目を覚ましてベッドから起きあがる理由？　人間であれば、誰もが当たり前に行なっていることだ。それにいったい、どんな理由が必要だというのだろう。しかし人間は、ときおりそれが必要になるときがある。私はそれを、よく知っていた。おそらく、他の誰よりも……。

私はビルを見た。しかし彼は無表情に、ホームプレートをじっと見つめ続けているだけだった。私は何も言わずに、彼の膝をそっと叩いた。

トッドが規定の九球を投げ終えた。

タンクの前に歩み出た主審がポケットからブラシを取り出し、ホームプレート上の土をていねいに払い除けた。さあ、いよいよだ。主審が再びタンクの後ろに回り込み、フェースマスクを下ろし、胸当てを調整する。次の瞬間、彼の右手が高々と上がり、第四十四回ボーランド・リトルリーグが開幕した。

「プレーボール！」

いつの間にかティモシーは、ダグアウトの階段の一番上に立っていた。彼の甲高い叫び声が、観客のどよめきを制して響きわたる。

「さあ、みんな、勝てるぞ！　あきらめるな！　絶対にあきらめるな！」

トッドは最初、ピッチングプレート周囲の新しい砂に馴染めず、トップバッターをいきなり歩かせてしまった。しかし、すぐに落ち着き、二番、三番を内野ゴロに、そして四番バッターは三振に切って取り、上々の滑り出しを見せた。

守備に散っていた天使たちが戻ってきたところで、私はベンチを温めていたクリス・ラングに声をかけ、一塁コーチに出るよう促した。彼は元気よく立ち上がり、ダイヤモンドを横切って一塁コーチャーズボックスに走っていった。

そして私は、三塁コーチャーズボックスに向かった。そこからバッターとランナーにサインを送り、攻撃面のあらゆる作戦を指示するのが私の役割だった。バント、盗塁、打て、待て、といった作戦をである。

ビル・ウェストは、試合の成り行きをベンチから観察し、必要に応じて私にアドバイスを送るとともに、スコアブックをつけながら、すべての選手が必要な出場イニングを満たすよう、目を光らせる役割を担ってくれていた。

一回の裏、わがチームのトップバッター、トニー・ズーロも四球を選んで出塁する。よし、ここは盗塁だ。私は迷わず、相手捕手の肩の強さを試してみることにした。ちなみに走者は、ピッチャーの投げたボールがホームプレート上を通過するまでは塁を離れられない。それがリトルリーグのルールである。

われらが二番バッター、ジャスティン・ニュアンバーグへの第一球がストライクとコールされた直後、私は右手で左肘をさわった。次の投球がホームプレート上を通過すると同時に、トニーが二塁に向けて突進を始める、というサインである。

相手ピッチャーが第二球目を投げる。私からのサインをしっかりと確認していたバッターのジャスティンが、ボールのはるか上方を力いっぱい空振りする。相手キャッチャーの目をくらますテクニックだ。

スタートを切ったトニーが二塁にひた走る。キャッチャーが二塁に送球する。ビューン……バシ！　二塁ベースに滑り込んだトニーを、送球されたボールが余裕を持って待ち受けていた。

かくして私たちは、ヤンキーズには、流れるようなフォームの好投手のみならず、恐ろしく肩の強いキャッチャーもいることを速やかに知ることができた。

そして、盗塁が失敗した後でよくあるケースだが、ジャスティンは次の球をライト前にクリーンヒット。しかし、続く三番のポール・テイラーは三球であえなく三振し、トッド・スティーブンソンに打席を譲る。

われらが頼れる四番は、一球目を強振。ボールがレフト方向に高く舞い上がった！

緊急発進した相手レフトが走りに走り、フェンス際で半身《はんみ》のジャンプ！……はたして腕なのか運なのか……たぶん後者であろう……フェンスに激突した彼のグローブに、ボールはしっかりと収まっていた。スーパーキャッチ！

超美技《びぎ》のヒーローに、怪我はないようだ。肩を軽く揺り動かしながら元気に走ってくる。ダイヤモンドを走り抜けてベンチに戻る彼を、総立ちの観衆が大きな拍手と喝采《かっさい》で出迎えた。

次の回も、両チーム無得点。わがエンジェルズは、ツーアウトからボブ・マーフィーがライト線に強烈なライナーを放ち二塁打としたが、続くジェフ・ガストンが内野フライを打ち上げ、攻撃終了。

「あきらめるな！　あきらめるな！」ティモシー・ノーブルが、お気に入りの言葉を連呼する。もはや彼は、自他共に認めるわれらが応援団長である。ダグアウトの外野寄りの端に陣取り、両の拳を握りしめ、大声を上げながらジャンプをくり返している。それを見ながらチームメイトたちも「あきらめるな！」を連呼し、ティモシーの応援をはやし立てていた。

両チーム無得点のまま三イニングが終了し、四回の表が訪れた。そこで私は当初の計画通り、三名の選手交代を行なった。クリス・ラングがトニー・ズーロに代わってセカンドに、ディック・アンドロスがボブ・マーフィーに代わってレフト、そしてティモシーが、ジェフ・ガストンに代わってライトに入った。

新しくプレーする三名の控え選手は、四回と五回の二イニングをプレーし、その次の六回、つまり最終イニングには、一時的に控えに回っていたレギュラー三人が、彼らに代わって再び登場することになっていた。

トッドは回を重ねるごとに調子を上げ、四回表のヤンキーズの攻撃を三者三振に打ち取った。一方、ヤンキーズのエース、ガーストンも負けてはいなかった。彼もまた、その裏のエンジェルズの攻撃を、二者連続三振と一塁フライであっさりと退けたものだった。

六イニング中、四イニングが終了しても、まだ両チームとも無得点。試合が一点で決まる公算《こうさん》がますます強くなってきた。

五回表、ヤンキーズの最初のバッターが、三塁正面に強烈な当たりのライナーを放った。われらが三塁手ポール・テイラーが、身を挺《てい》してそのボールをはたき落とす。ナイス・プレー！　彼は急いでボールを拾い、一塁に送球。しかし無情にも、間一髪セーフ。バッターのほうがほんの少し早く一塁ベースを駆け抜けていた。

次のバッターは三球三振。しかしその次のバッターが、三遊間に強烈な一撃を放つ。

まさに地を這《は》うようなボールだ。サードは立ったまま動けず、ショートのベン・ロジャーズがボールに向けてダイビング……ボールを捕らえた！　起き上がりざま、一塁のジャスティンに矢のような送球……アウト！　守備の天才ここにあり！

バッターは間一髪アウトになったが、一塁走者は二塁に滑り込み、難なくセーフ。ツーアウトながら、ヤンキーズが得点圏に走者を進めた。そして登場してきたバッターは、敵のエースピッチャー、左投げ左打ちのガーストンだった。

ビルが私に体を寄せて言ってきた。

「なあ、ジョン。祈りの言葉を何か知ってるとしたら、それを唱えるのは今しかない。この子はバッティングもいいんだ。引っ張り専門でね。去年ライト線に強烈な当たりを飛ばすのを、何度も見たよ」

私はすぐに立ち上がり、主審にタイムを求めてから三塁線近くまで歩いていって両手を掲げ、ライトのティモシーに、ずっと後ろに下がってライト線に近づくよう合図を送った。よし、これでいい。ティモシーにオーケーのサインを送ってダグアウトを振り返ると、ビルがウンウンと頷いていていた。

ライバル投手に対するトッドの一球目は、渾身の力を込めた直球だった。それを迎え撃つガーストンは極めて積極的だった。その一球目を躊躇《ちゅうちょ》なく打ちに行き、鋭く振り切った。ライトへの大飛球だ！

「おい、勘弁してくれよ！」ビルの小さな叫び声が聞こえた。

ティモシーが夕方の空を見上げながら後ずさりする。足が止まった。ボールがティモシーめがけて落ちてくる。よし、教えたとおり、両手を目線の少し下に置いている。

「おい、あいつ、ちゃんとボールの下にいるよ……」私と一緒に立ち上がりながらビルが叫ぶ。「よし行け、ぼうず。そのリンゴを捕まえるんだ！」

ボールが落ちてくるのが、とんでもなく遅く感じられた。ティモシーは前後の距離を測りかねているようだ。一歩後ろに下がった。ボールが落ちてくる。ティモシーがグローブを上に突き出した。少し前にいすぎたのか？　どうだ！　ボールがグローブに接触する。入ったか！

次の瞬間、私たちは天を仰いだ。ボールは彼のグローブを弾いて後ろに跳ね、そのままフェンス際まで転がっていった。ボールが内野に返ってきたときには、すでにガーストンは三塁ベースに立ち、大歓声の中で万歳をしていた。もちろん二塁ランナーは、とっくに生還していた。

ついに均衡《きんこう》が破られた。トッドが次のバッターを三振に仕留めて追加点は防いだが、わがエンジェルズは、ヤンキーズに一点のリードを許すことになってしまった。

ダグアウトに戻ってきたティモシーの頬は、涙で濡れていた。私は声を掛けようとしたが、彼は受け付けなかった。彼は私を見上げて首を振ると、ダグアウトの一番奥の隅っこに向かい、そこに座り込んだ。

彼に声を掛けるチームメイトは一人もいなかった。近くに座ろうとする者さえいなかった。いくつかの冷たい視線だけが、ときおり彼に向けられていた。子供というものは、ときとして、とてつもなく残酷になれる生き物のようだ。

全員がベンチに入ったのを見て、ビルが立ち上がり、口を開いた。

「さあ、みんな、これからだ。気合いを入れて行こうぜ。この回は、まずラングからだ。続いてアンドロス、そしてノーブル。いいか、みんな。一点しか負けてないんだぞ。まだ二イニングあるんだ。さあ、みんなで力を合わせて、あいつらをやっつけようぜ！」

クリス・ラングが当たり損ないのピッチャーフライに倒れる。ディック・アンドロスは空振りの三振。そしてティモシー・ノーブルが打席に向かった。クリスとディックに大きな声援を送っていたチームメイトたちが、急に黙りこくる。

ティモシーは打席に入ると、まずズボンをたくし上げた。ビルは完璧に寸法を測ったと言っていたが、彼のユニフォームは、少なくとも一サイズは大き過ぎだった。

続いてティモシーは、スニーカーで小刻みに土を掘って足場を固めてから、膝を折って軽い前傾姿勢を取り、投球を待ち始めた。

ガーストンはまず、インサイドの速球を投げ込んできた。ほとんどデッドボールになりそうな球だったが、ティモシーは全くよけなかった。その後は二球続けてカーブボール。ティモシーはその二つに必死で立ち向かったが、バットは空を切るばかりだった。ツーストライク・ワンボール。

ティモシーは打席を外し、大きく深呼吸した。続いて両手のひらを地面にこすりつけてから、もう一度深呼吸。ゆっくりと打席に戻った彼は、私に言われたとおりにバットを右肩の上に寝かし、次の投球を待ち始めた。

ガーストンがゆっくりと大きく振りかぶってから、見事な体重移動の美しいフォームでストレートを投げ込んできた。ティモシーのスイングは滑らかだった。しかし、ボールは直接キャッチャーミットに収まり、大きな音を響かせた。彼はゆっくりとダグアウトに戻り、バットを所定の場所にそっと置くと、またもや一番奥の隅っこに行って、唇を噛んだ。

最終イニングのヤンキーズは、簡単に三者凡退に終わった。しかしながらその裏のエンジェルズの攻撃も、ほとんどそれに近かった。トニー・ズーロがライナーでセンターに抜けるシングルヒットを放ったが、次のジャスティンとポールは内野フライに倒れ、続くトッドの大きな外野フライも相手のグローブに収まって、ゲームセット。

敗戦投手にはなったものの、トッドのピッチングは最高だった。ヤンキーズ打線を、出会い頭の内野安打一本に押さえたのである。試合に負けたとはいえ、彼に対する私の信頼は、それまでのどのときよりも大きくなっていた。試合で投げる彼の姿を初めて見て、私は大きく胸をなで下ろしたものである。彼を選んでおいて本当によかった。

「さあ、みんな……」ダグアウト前に集合したチームの面々に、ビルが大声で言った。「急いでホームプレートに整列だ。ヤンキーズを祝福してくるんだ。それが終わったら、またここに来てベンチに着席。いいな！　ほんの二、三分ですむ。お父さんやお母さんを待たせちゃ悪いからな」

ホームプレート上での儀礼的な握手と「おめでとう」「いい試合だったな」の交換を終え、天使たちはダグアウトに戻った。

しかし、なんて静かなんだ。この子たちのこんなにしおれた姿を見るのは初めてだ。私は立ち上がり、「さあ、次の試合は木曜日だ。今日のことはもう忘れて、次の試合を頑張ろうじゃないか。がっかりする必要なんて、これっぽっちもないさ。いい試合だったぞ。それにまだ一試合しか終わってないんだ。次は間違いなく、お前らの試合になるよ」といったことを言おうとした。

しかし、私は何も言わなかった。いや、言えなかった。私が口を開く前に、ベンチの一番前に座っていたトッドが急に立ち上がり、ウィンドブレーカーのチャックを閉めながら、ダグアウトの奥に向かって歩き出したのである。

彼の向かっている先が一番奥の隅っこであることは明らかだった。そこには、両手で頭を抱えた小さな天使が、体をよりいっそう小さくして座っていた。ダグアウト内が、それまでにも増して静かになる。

ティモシーの前に立ったトッドは、その小さなチームメイトの肩を手で軽く揺すりながら大声で話し始めた。

「なんだよ、お前！　クヨクヨすんなよ！　大リーグのスーパースターたちだって、エラーはするんだぜ。今日は俺たち、ついてなかっただけなんだよ。それだけのことさ。それに、試合には負けたけど、だからって俺たちは今日、あきらめたりはしなかったぞ。これからも、俺たちは絶対にあきらめない。あきらめるもんか！　だいたい、これはお前が言い出したことなんだぞ。そうだろ？　あきらめるな！　いいか！」

うつむいていたティモシーが、顔を上げる。目が涙で一杯だ。彼はトッドを見上げながら、静かに頷き、ポソッと言った。

「分かった」

私が話すことは、ほとんど残っていなかった。

「よし、次の試合はカブズが相手だ。今度の木曜日。試合開始は夕方の五時。四時までには集合すること。先発ピッチャーはポール・テイラー。それじゃみんな、木曜日に会おう」

駐車場でビルに別れを告げ家路について間もなく、私はその日の試合を振り返り始めた。様々なシーンが、まるでビデオの再生映像のように次々と鮮明に蘇ってくる。その映像が、ティモシーの手痛いエラーの場面に差し掛かったときのことである。私の心に、突然、別の試合が入り込んできた。

それは、私自身がリトルリーグに入って二年目の年、十歳のときに出場した試合だった。私はその試合でセカンドを守っていて、二つのエラーを犯していた。どちらもタイムリーエラーで、その都度相手に儲《もう》け物の一点を献上《けんじょう》するという手痛いものだった。その試合の最終スコアは三対一。もちろん、わがエンジェルズの負けである。敗戦の責任はすべて私にあった。

駐車場が空っぽになるのを待って、私は一人、二塁の守備位置付近まで歩いていった。そしてそこにドカッと腰を下ろし、泣きじゃくったものだった。

その後そこにどのくらい座っていたかは覚えていない。とにかく私は、自分があまりにもみじめで、家に帰りたくなかった。その日に起きたことを父に話すのが、たまらなくいやだった。

やがて、金網のフェンス越しに、車のヘッドライトの光が見えてきた。辺りはもうかなり暗くなってはいたが、駐車場に入ってきた車が旧式の小型トラックであることは、どうにか確認できた。

間もなく私は、愛と優しさに満ちた、最も耳に馴染んだ男の声を聞いていた。

「ジョン、そろそろ家に帰る時間じゃないか?」

私は立ち上がり、走り寄って夢中で抱きついた。そして再び泣きじゃくった。私の頭を撫でながら、父が言ったことはこれだけだった。「大丈夫。大丈夫だよ、ジョン。誰にだって悪い日はあるんだ。完璧な人間なんて一人もいないんだから」

私はハッとしてブレーキを踏んだ。ほとんど家に着いている。すぐに車をUターンさせた私は、今来た道を急いで逆行した。私がリトルリーグパークに戻り、車を止めた頃には、すでに薄暮が暗闇に変わろうとしていた。

私はライトポール際の入り口から、おそるおそる球場内に足を踏み入れた。子供たちの叫び声や笑い声が聞こえる。しかしそれは、すぐ近くの公園からの声だった。球場内は空っぽだ。いや、ほとんど空っぽだった。

暗がりの中、ライトの定位置のはるか後方、外野フェンス近くの芝生の上に、彼は一人で座っていた。あぐらをかき、両肘を両膝の上に力なく乗せ、頭を深く垂れている。

私はゆっくりと近づき、声を掛けた。

「ティモシー」

彼はビクッとして頭を上げ、目を極端に細めて私を見た。

「どうした。大丈夫か？」

「はい」

「そろそろ家に帰ったほうがいいんじゃないか？」

彼は肩をすぼめた。

「どうして、いつまでもここにいるんだ？　ティモシー」

「よく分かりません……でも、たぶん……たぶん、ここにいれば……なんであんなエラーをしちゃったのか、分かるんじゃないかと……」

「それで、答えは見つかったのか？」

彼は首を振った。泣きたいのを必死でこらえているのがよく分かる。

そのとき突然、私にあるアイデアが浮かんだ。

「ちょっとグローブを見せてみな」

彼の眉間に皺ができた。気が進まない様子だ。しかし監督の要請は断り難い。彼は右膝の下からグローブを取り出し、それを私に投げてよこした。

私はそのグローブを見て、ただ驚くばかりだった。それは、私がそれまでの人生で見た、最もズタズタの、最も使えそうにない野球のグローブだった。革が乾燥しきっていて、ひどく硬くなっており、無数のひび割れが走っている。加えて、「手のひら」の部分にも「指」の部分にも、詰め物がほとんど残っていない。

さらには、「親指」と「人差指」の間に張られていたはずの革製の「あみ」が姿を消し、代わりに、誰かが洗濯ロープで編んだと思われる代物が、不格好に取り付けられてもいた。

グローブを彼に投げ返し、私は言った。

「すごいグローブだね。野球博物館に飾ると映えるかもな。もしかして、ジョー・ディマジオが子供の頃に使ってたやつじゃないのか？」

「違いますよ……」ティモシーは答えた。彼の顔に、ほんの少しだけ笑みが浮かんだようだった。私が上体を傾けて手を差し出すと、彼も私を見上げながら、小さな手を差し出してきた。

私はその小さな手を引っ張って彼を立ち上がらせ、少し前に口にした言葉をくり返した。

「そろそろ家に帰ったほうがいいんじゃないか？」

「はい、そうします……」彼の返事は、ほとんどため息だった。

彼のボロボロのグローブを指さしながら、私は言った。

「お前の問題は、間違いなくそれだよ。そのグローブだ。ちゃんとした道具がなければ、何をやったってうまくはできないさ」

ティモシーはグローブの表面を静かに撫で始めた。彼は、私が想像していたある事情を口にするのを明らかにためらっていた。彼を女手一つで育てている母親には、新しいグローブを買う余裕などない、という事情をである。

私は彼の帽子のひさしを軽く引いた。彼の頭には、金文字の「A」を正面にあしらった、ダークブルーの真新しい野球帽が乗っていた。

「なあ、ティモシー。実は俺の家に、一流ブランドの、ほとんど新品のグローブがあるんだ。息子のものだったんだけど……あまり使う機会がなくてね。押入れの中に入ったままになってるんだ。木曜日に持ってくるから、使うといいよ」

ティモシーが私の顔をじっと見つめ、言ってきた。

「監督。監督の子供は……死んだ……んですよね？」

「うん……そう……もういないんだ」

「お……お気……お気の毒な……ことで……」

私はただ頷き、話を戻した。

「だから、木曜日にはちょっとだけ早く来るようにしよう。新しいグローブに慣れておかなきゃならないからね。キャッチボールを付き合うよ。いいね？」

彼は頷いた。

「はい、分かりました。すみません。すごくうれしいです。それから、今日はすみませんでした……僕のせいで試合に負けちゃって。みんな、僕のことあまり嫌いになってなきゃいいんだけど……みんなに悪くて……でも、頑張ります。それでもっとうまくなります」

「お前は絶対にあきらめないんだよな？　そうだろ？」

彼はニコッとして頷き、キッパリと言った。

「はい、絶対にあきらめません！」

「よし、絶対にだぞ。さあ、暗くなりすぎないうちに帰ろう。自転車にライトはついてるのか？」

「はい」

「よし、それじゃ木曜日に会おう。早めに来るんだぞ。みんなが集まる三十分前にしよう」

「分かりました。おやすみなさい、監督」

「ああ、おやすみ」

私が車に乗り込もうとしたとき、ティモシーが自転車に乗って近づいて来た。

「監督、ちょっと聞いてもいいですか？」

「もちろん。なんだい？」

「僕がまだ野球場にいるってこと、なんで分かったんですか？」

私は答えに戸惑った。

「……うーん……たぶん、父さんだな……そう、俺の父さんだ……俺の父さんが教えてくれたんだよ……お前がここにいるって」

「お父さんが？　へー……」そう言うと彼は自転車の向きを変え、駐車場を後にした。

小さなヘッドライトの光が駐車場から出て木立の陰に隠れる直前、私はあの甲高い声をもう一度耳にしていた。

「それじゃ、木曜日にね！」

10 新品のグローブ……the new baseball glove

水曜日は、一日がまるで一週間にも感じられた。朝食を取った後で、私は自分がその頃採用していた時間つぶしのための作業を、片っ端から実行した。

まずジョギングに出た。それで約一時間が埋まった。続いて、ゴルフクラブを手に裏庭を何度となく行き来した。少なくとも延べ二百個のボールは打っただろう。自室に座り、本も開いた。しかし私は、特に家の中にいるときには、何をしていても、別の部屋から聞こえてくる二人の声をいつの間にか聞いていた。サリー？　リック？

午後遅くにはテレビをつけてもみたが、メロドラマとニュースを合わせて十分も見ないうちにスイッチを切っていた。私にはもはや、どんな悲しい話も必要なかった。

やがて太陽が沈み、それとほぼ同時に私はベッドに入った。

翌朝の私は、夜が明けるはるか前に目を覚ましていた。

なおも枕に頭を埋めながら、私はサリーの体に手を伸ばした。それが私の長年の習慣だった。あれ？　いない。どうしたんだ？　すぐに私は、自分の額をパシッと叩いていた。この間抜けが！　いったい何をやってるんだ。サリーはもう、そんなところにはいないんだ。死んだんだよ。お前の息子もだ。リックも死んだんだ。二人とも、もういないんだ！

現実を噛みしめながら、私はベッドから起き上がった。シャワーを浴びる。続いて髭剃り……うーん、面倒だ……やめよう……いや、だめだ……今日は試合があるんだった。天使たちの親は、この無精髭を見てどう思うだろう。あんな薄汚い怠け者に子供を任せておいていいのかと、ひどく不安になるに違いない。

ゆっくりとコーヒーをすすり、オレンジジュースを飲んでオムレツを食べた後で、私は書斎に行き、ビルがスコアブックに記録してくれていた初戦の内容に目をやった。

そうか、天使たちはガーストン相手に三本のヒットしか打っていないのか。ズーロとニュアンバーグが、それぞれシングルを一本、そしてマーフィーが、二塁打を一本……たったこれだけだ。全員がほぼ完璧に抑え込まれている。これでは、打順を組み替えるための資料にはなり得ない。

守備に関しては、誰もがまずまずのプレーを見せていた。スーパープレーもいくつかあった。初戦にしては上々だ。もちろん、ティモシーの痛いエラーを除いてである。よし、ビルから特別な提案がない限り、今日のカブズとの試合も初戦と同じ顔ぶれでスタートだ。打順も同じでいい。ただ、ポール・テイラーが投げるので、ジャスティンを三塁に回そう。投げないときのトッドは一塁を守るのが一番いい。

私はスコアブックを閉じ、椅子の背もたれに寄りかかった。私の心が野球から離れる。目覚めた直後のベッドでの体験が、そのときを待ちかまえていたかのように私の心に入り込んできた……二人とも、もういないんだ。

いつしか私は、机の右袖の一番下の引き出しを開け、その中を見下ろしていた。黄色の分厚い電話帳の上に、醜い回転式拳銃が不気味に横たわっている。私はそれに手を伸ばした。

しかし次の瞬間、突然女性の声がし、私はビクッとしてその手を引っ込めた。

「おはよう、ハーディングさん」

私は、彼女に気づかれないように、引き出しを右足でそっと押し込んだ。まるで、隠れてクッキーの箱に手を入れようとしているところを母親に見つかった子供のようだった。

「あれ？　ローズさん。おはようございます。いや、いらっしゃったことに気づきませんでした。そういえば、今日は掃除をしてもらう日でしたね。うっかり忘れてました」

やや歳のいったその女の子の顔から、急に微笑みが消えた。

「今日はご都合が悪かったのかしら？　他の日に出直してきましょうか？」

「いや、いや……今日で結構です。単に私が忘れていただけなんです。考えることが多すぎて……たぶんね」

ローズ・ケリーは掃除機のハンドルを両手で握ったまま、心配と同情が入り交じったような表情で私を見つめていた。

「大変よね。私に何かできることないかしら。何でも言ってくださいな」

私は首を振った。

「ハーディングさん……」ローズが続ける。「気に障《さわ》ったらごめんなさい。実は私ね、昨日の朝、メープルウッド墓地に行って、サリーとリックのためにお祈りをしてきたの。二人のお墓はとてもいい場所にあるわね。石の壁に近くて、周りよりも少し高くなっていて……。でも一つだけ気になったことがあるの。墓石のことなんだけど……まだ立っていないわよね？　どうなっているのかしら？　選んではあるんでしょう？」

「いや、まだなんです」

「二人のそばに……お墓には……よく行くのかしら？」

私は自分の両手をじっと見つめたままだった。

「ハーディングさん？」

私はまた首を振った。

「葬式の日以来、一度も行っていません、ローズさん。墓地の前までは何度も行っているんですけど……車を止めて、彼らの墓まで歩いていく気には、いつもなれなくて……行けないんです……どうしても行けないんです……」

「ハーディングさん、失礼を承知で言いますけど、それは違うんじゃないかしら。お気持ちはよく分かります。でも、あなたはお墓に行くべきだと思いますよ。絶対そうしなきゃ。あの二人のためにじゃなく、私はあなたのために言っているのよ。偉そうなことを言って本当にごめんなさい。バカな掃除女の話だと思って許してくださいな」

「………」

「あっ、そう、そう。私の母がね、生きていた頃に、こんな話をしてくれたことがあるの。古いアイルランドの話で、母はそれを、彼女のおばあちゃんから聞いたって言っていたわ」

「………」

「海辺のある村に住んでいた若い母親が、一人息子に先立たれてしまいました。崖から海に落ちちゃったらしいの。その母親は、葬式が終わってから何ヶ月もの間、泣いてばかりいました。そのうちに、息子の次の誕生日がやってきました。彼女は息子の墓に行って、そこに一日中いようと思い立ちました」

「……」

「その母親は、墓に向かう途中、花屋に立ち寄ったらしいの。息子の墓に花を飾ろうとしてね。彼女が花を買って、代金を払って、そこを離れようとしたときのことです。彼女の目に不思議な光景が飛び込んできました。花屋の老主人が、ほとんど枯れてしまっていた鉢植えの木から、枯れた葉っぱや枝をていねいに取り除いているのです。彼女は尋ねました……どうしてそんな無駄なことをしているんです？　その木、もう死んでしまっているのに……。花屋の老主人は答えました……いや、若奥さん。これはまだ死んじゃいない。一生を生き終えた葉っぱや枝がいっぱいあるけど、ほら、ここを見てごらん。茎のこのあたりは、まだ緑じゃないか。手間と愛情を掛けてやれば、この木はまだまだ何年も生きて、何度も花を咲かせるだろうよ……」

「……」

「花屋の老主人は続けました……なあ、若奥さん。この世には、この木のような人間がいっぱいいるね。連中は、ひどく悲しい出来事を体験した。たとえば、子供、かみさん、あるいは旦那に先立たれるといったようなことをね。それで、彼らの中には、その出来事が彼らを枯れ木にしてしまおうとするのを、許し続けている者もいる。そうやって、生きる希望を失ったまま、ただうなだれて毎日を過ごし続けているわけだ。なかには死んでしまおうとする者までいる……」

「……」

「ところが、いいかい？　その一方で、葉っぱや枝を失う悲しみを乗り越えて、そんなものはさっさと自分から切り離して、すぐにまた充分に息を吸い、歌い、笑いながら、きれいな花を延々と咲かせ続ける連中もいるんだ。神が彼らを生かし続けている限り、そうやって彼らはすぐに元気を取り戻し、与えられた人生を有意義に生き続けるのさ……」

「……」

「ハーディングさん……」まるでローズが、厳しい躾《しつけ》を旨とする小学校の教師のように思えてきた。掃除機を絨毯から持ち上げながら彼女は言い放った。

「私たちはもう、裏の森の中で木が枯れるのを、充分すぎるほど見てきたわ。あなたまでが悲しみでしおれてしまって枯れ木になったりするのを、私は絶対に見たくありませんから！」


その日の午後になって、私は、ティモシーにグローブをあげると約束していたことを思い出した。リックの部屋に入っていった私は、目指す押入れだけを見ながら、そこに向かってまっすぐに歩いていった。右も左も見なかった。

押入れの引き戸を開けると、低い棚の右隅にそのグローブはあった。その棚は、リックが奥まで簡単に手の届く高さに私が特別に作ってやったもので、彼が特に大切にしていたものをしまっておくための場所だった。

まだ新品同様のそのグローブの下には、チャイニーズ・チェッカーとドミノ、そしてレゴの箱が重ねられていた。その左側には、ティンカートイのパーツが詰まった茶色の円筒ケースを取り囲むように、ミサイル発射台やヘリコプター、ピザ投げ機、さらには、鮮やかな彩色を施された忍者タートルやＧＩジョーなどのアクション人形たちが、所狭しと並べられている。

さらにその左に目を転じると、厚紙製の靴箱が三つ、きちんと重ねられている。私は一番上の靴箱を手に取り、内側に目をやった。大リーグ選手たちの勇姿を収めた野球カードがビッシリと詰まっている。リックはいつも、キッチンのテーブルに座り、小遣いのほとんどを費やして集めたこれらのカードの仕分け作業を、黙々と行ない続けていたものだった。

箱の中からカードを一枚取り出してみる。テキサス・レインジャーズの、ノーラン・

ライアンか……リックが大好きだった選手だ。彼は私にとっても好みの選手だった。

私は三時半きっかりにリトルリーグパークに着いた。ティモシーが元気に走り寄ってきた。だいぶ前から来ていたようだ。

私は車から出るなり、走って近づいて来る彼に向かってグローブを放り投げた。

「うわっ、すごい！　なに、これ！」

ティモシーは大騒ぎしながら、小さな左手をそのグローブに滑り込ませた。続いて彼は、グローブを開いたり閉じたりしながら、ガッチリとした革製の「あみ」と、オイルが染み込んで他の部分よりも黒ずんだ色をしている「手のひら」を、右手の拳で何度も叩いた。

「実際のボールで試してみるか？」私は尋ねた。

「はい！」

チームの野球用具一式はビル・ウェストが管理していたが、私はその日、自分の古いグローブとボールを一個、家から持ってきていた。私たち二人はライトの守備位置付近に歩いていき、そこで、他の選手たちが到着し始めるまでキャッチボールを続けた。

「どうだい。使いやすいか？」

「ええ、最高です！　すごくいいグローブです、これ。ありがとうございます、監督。

本当にありがとうございます！　僕、絶対にうまくなります。見ててください！」

「ああ。毎日、毎日、あらゆる面で……だよな？　ティモシー」

彼はニコッと笑い、目をキラキラさせて頷いた。

その日の試合で、私の天使たちは、初戦のうっぷんを爆発させるかのように打ちまくった。最初のイニングこそ無得点に終わったが、次の回には、カブズがくり出した三人のピッチャーに怒濤《どとう》のごとく襲いかかり、一挙に十一人もの走者を生還させるという爆発ぶりだった。

続く三回にも得点を加え、四イニング目の頭に控えの三人をグランドに送り出したときには、得点が十五にも伸びていた。ちなみに、その時点でのカブズの得点は一だった。

結局、その試合の最終スコアは十九対二。相手に謝りたくなるほどの大勝だった。天使たちが放った十五本のヒットが最大の勝因ではあるが、相手チームの七つのエラーにも明らかに助けられた。実際、試合後に私は、その日の幸運を私たちが独り占めしてしまったようだと言って、相手の監督に謝ったものである。

しかし、ハッチンソン氏は根っからのスポーツマンだった。少しも悪びれることなく、「両チームの今日のプレー内容からして、当然の結果ですよ」と言って、天使たちを讃えてくれた。

その日、私たちのチームには二人のバッティング・スターがいた。ホームラン二本に二塁打二本を放ったトッドと、ホームラン一本にシングルヒット三本のポール・テイラーである。ポールは、ピッチャーとしても、カブズをわずか四本のヒットと二つの四球に押さえ込み、三振を八つも奪うという大活躍を見せた。

また、四イニング目を迎えた時点で勝敗はすでに決していたため、私は、クリス、ディック、ティモシーの三人を、六回になっても引っ込めず、試合終了まで使い続けた。ティモシーはそのために二度打席に立つことができたが、結果は二度とも三振。またもや、バットをボールに当てることさえできなかった。しかし今回は、いかなる涙も、いかなる苛立ちも、いかなる落胆の色も見せなかった。その日の彼は、目を輝かせながら仲間に対する声援を休みなく続け、試合が終わる頃には完全に喉《のど》をからしていた。

そしてうれしいことに、すでにチームメイトたちは、初戦の負けにつながった彼の手痛いエラーを、快く許しているようだった。ティモシーに刺激されて、彼のお気に入りの二つのフレーズ、「毎日、毎日、あらゆる面で、僕らはどんどん良くなってる！」と「あきらめるな！　あきらめるな！　絶対、絶対、絶対、あきらめるな！」を、チームの全員が大声で頻繁に合唱するようになっていたのだ。

ある頃から、それは観客席にも伝染した。いつしか、天使たちの「あきらめるな」の合唱が始まるや、それに続いて、私たちのベンチサイドの観客席からも、全く同じ合唱が聞こえてくるようになっていたのである。

次の週の火曜日には、ボーランドの収入役、グランパ・ピソ率いる、パイレーツとの試合が組まれていた。そこまでパイレーツは二連勝と好調で、二戦目では、私たちを初戦で破ったシッド・マークスのヤンキーズを、打撃戦の末に九対八で退けていた。これは厳しい試合になるだろう。ビルと私はそう予想していた。

実際それは厳しい試合だった。私たちはどうにか勝ちを拾ったが、スコアは二対〇。手に汗を握る大接戦だった。トッド・スティーブンソンのピッチングが、またもや光り輝いた。与えたヒットはわずか一本。それも三遊間への当たり損ないだった。

相手投手もなかなかの強者《つわもの》で、天使たちが放ったヒットは全部でわずか五本。しかもすべてがシングルだった。

打のヒーローは、タンク・キンブルだった。彼のセンターオーバーのシングルヒットで、二塁と三塁にいたズーロとニュアンバーグが一挙にホームインした。ズーロとニュアンバーグはどちらも四球で出塁し、ポール・テイラーの絶妙のバントで進塁していた。

しかしわれらが名捕手、タンク・キンブルの放つヒットは、ホームラン以外はすべてシングルのようだ。

ティモシーは、ようやく二球続けてバットに当てることができた。どちらもバックネットへのファウルボールで、次の球は空振り。それまでと結果は同じだが、当たるようになっただけでも大したものだ。

彼の守備面での進歩は、もっと大したものだった。一、二塁間を抜けて自分の前に転がってきた打球を、前進して無難にさばき、走り寄ってきた二塁手に速やかにトスすることで、バッター走者の二塁への進塁を確実に防いだのである。毎日、毎日、あらゆる面で……。

その試合の後で、私は選手たちの親に囲まれて握手責めにあうとともに、彼らとほぼ一時間にもわたって談笑した。彼らは初戦の敗退を目の当たりにし、私の監督としての能力を疑問視していたに違いない。しかし、その後の二連勝で、どうやら私を少しは見直してくれたようだ。いずれにせよ、人々に認められるということは快適この上ない。

中でも私が一番うれしかったのは、彼らの口から、子供たちが家でビルと私について話していることを聞かされたときだった。子供たちは、私たち二人を心から信頼してくれているようだ。なんていい子たちなんだろう。私はほとんど涙ぐんでいた。

次の日の水曜の夕方にも試合が組まれていた。対戦相手は、シッド・マークスと彼のヤンキーズ。二度目の対戦だ。天使たちはリベンジに燃えていた。そしてそれは見事に果たされた。スコアは六対四。ポール・テイラーがもう一つのナイスピッチングを披露し、打のヒーローは、二塁打一本とシングル二本をかましたボブ・マーフィーだった。

さらにその日は、控えの二人が初めてヒットを打つという記念すべき日にもなった。クリス・ラングの打った当たりは、ライトにフワッと上がった平凡なフライだったが、幸運にも前進してきた右翼手の前にポトリと落ちた。一方、ディック・アンドロスの当たりは完璧で、左中間を低いライナーで抜ける堂々たる二塁打だった。

その試合は前回とは違い、かなりの打撃戦にはなったが、やはり手に汗を握るクロスゲームだった。試合後に、ある親がいみじくも言ったものだ。

「いや、いい試合でしたね。どっちが勝っても不思議じゃなかった。勝敗を分けたのはたぶん、あのちっちゃな応援団長ですよ。とにかく、よく声を出してましたよね」

その日もティモシーは、仲間たちに休みなく声援を送り続けていた。しかし今や、まだ一本のヒットも打っていない、ただ一人の天使になってしまった。彼はその日も、一度だけの打席で、またもや空振りの三振だった。しかし彼は、あらゆる投球に必死に食らいつこうとしていた。何度空振りしても、絶対にあきらめるそぶりを見せないのだ。

仲間の背中を叩きながら五回の守備に走っていくティモシーを顎で指し、ビルは言ったものだ。

「ジョン、あいつのハートは、どれほどでかいんだろうな。あんなちっちゃな体に、神もよくあんなものを入れられたもんだよ」

全六週間のシーズン中、すでに二週間が過ぎていた。そしてなんとうれしいことに、また驚いたことに、その時点でわがエンジェルズは三勝一敗。二勝二敗のヤンキーズとパイレーツをかろうじて押さえ、トップに立っていた。もっとも、まだ残りは四週間もある。何が起こるか分からない。あらゆることが起こり得る。

ヤンキーズとの二度目の対戦の後で、私はシッド・マークスと初めて親しく語り合った。私はシッドが好きだった。私たちは、バックネットにゆったりと寄りかかりながら、リトルリーグの発展史を振り返ってみたり、昔の子供たちと今の子供たちを比較してみたりと、二人に共通の話題を片っ端から見つけ出しては話を弾ませた。

「さてと、ジョン。だいぶ遅くなったようだ……」シッドが腕時計を見ながら言ってきた。「そろそろ帰ることにするよ。スージーが心配するんでね。いや、今晩はいいゲームだった。ただし、この次は必ず勝たせてもらうよ。約束する」

帰り道、古い屋根付きの橋を渡り、メインストリートにぶつかって左折すると、少し先の歩道を小さな人影が歩いていた。ティモシーだ。辺りはほぼ真っ暗だったが、後ろ姿ですぐに分かった。

私は彼に追いついたところでブレーキを踏み、車道と歩道の間にある狭い芝生の上に車を乗り上げた。急ぎ足で歩いていたティモシーが立ち止まる。私は体を横に倒して手を伸ばし、助手席のドアを押し開けた。

「ティモシー……お前、球場からずっと歩いてきたのか？」

「はい」

「自転車はどうしたんだ？」

「今朝チェーンが壊れちゃって、修理中なんです。ママが仕事に行く途中で、コンコードの自転車屋に頼んでくるって言ってました」

「乗りな。家まで送ってくよ」

「大丈夫です。歩いて帰れますから。気にしないでください」

私は自分の声から優しさを取り除いた。

「いいから、さあ、乗るんだ」

彼が乗り込んできて、ドアを閉める。

「それじゃ、道を教えてくれや」

私はティモシーの指示に従い、メインストリートをそのまま直進し、町の中心街に向かった。中心街を抜けてすぐ、ジェファーソン・アベニューで右折する。続いて、そのデコボコのアスファルト道路を三キロほど走ったあたりで国道六七号線にぶつかり、そこを左折。いったいどこまで行くんだ？　その道路をさらに三キロほど走った辺りで、私はたまらず、ため息をついた。

「ずいぶん遠いじゃないか。球場までずっと歩いていったのか？」

彼は、長い茶色のまつげ越しに私を見上げ、仕方なさそうに頷いた。まるで、何か悪いことをして叱られているときのような表情だ。新しいグローブを胸にしっかりと抱えている。

「球場まで、いったいどのくらいかかったんだ？」

彼は肩をすぼめ、ため息交じりに言った。

「ピーナツバターのサンドイッチを作って、食べて、すぐに家を出たから……今日はママ、仕事に行くのが早かったんです。それで僕のお昼を用意できなくて……だからたぶん、家を出たのは二時頃だったと思います」

彼が突然背中を伸ばし、前方を指さした。

「ほら、あの郵便箱、見えますか？　あれ、うちのなんです。あのすぐ先の細い道を右に曲がってください。すぐに林が見えてきます。僕の家はその中にあるんです」

私は言われたとおりにした。轍《わだち》が刻まれた狭い道を、ゆっくりと慎重に前進する。百メートルほど進んだあたりで、車のヘッドライトが木造のみすぼらしい建物を照らし出した。

私は言葉が出なかった。彼はこんな家に住んでいたんだ。まるで、材木や農業用機械を入れておくための掘っ建て小屋のようだ。外壁の下見板は、ほとんどがボロボロで、欠け落ちているところも少なくない。右端の部分は、ペンキの塗られていない大きなベニヤ板で覆われていた。

玄関口のすぐ左側の窓に灯りが見える。カーテンは掛かっていない。家の横の方に目をやると、張り出した松の枝の下に、これまた見るも無惨なほどにボロボロな、青のルノー・セダンが一台止まっていた。

「あれがママの車なんです……」ティモシーは説明した。「ママはいつも、見かけよりもずっとよく走るって言ってます。僕もそう思います。あれでも、ちゃんと走るんです」

玄関扉のすぐ上には裸電球があり、その光が、表面にビッシリとこびりついた蚊の死骸の群れを浮かび上がらせていた。

扉がゆっくりと開き、中から一人の女性が現れた。両手を目の上にかざしてこちらに視線を送っている。私は急いでヘッドライトを切った。

「僕のママです」そう言ってティモシーは車から降りた。

私もほぼ同時に車から降り、彼の後ろをついて玄関前の階段下まで歩いていった。階段といっても、軽量コンクリートのブロックをただ重ねただけのものである。

彼女は片手をドアのノブにかけ、もう片手でエプロンを握りしめながら、落ち着きなく立っていた。

「今晩は、ノーブルさん。ティモシーの野球チームの監督をしている、ジョン・ハーディングという者です。歩いて帰ろうとしていたものですから、車で送ってきたところなんです」

「ご親切にどうも……」彼女の声には、若さと疲れが同居していた。それは、そのときの彼女の外見を描写する上でも極めて妥当な表現だった。「ありがとうございます、ハーディングさん。さあ、どうぞ。どうぞ、お入りになってください」

私は迷った。中に入れば、彼女をもっと当惑させることになるのではないか。それは気の毒だ。できれば遠慮したい。しかし、私を見上げて元気に頷いているティモシーを無視することは、とうていできない相談だった。

中に入ると、そこはキッチンだった。ティモシーの母親が私に手を差し出し、あらためて挨拶を始めた。

「ペギー・ノーブルです。この子がずっとお世話になりっぱなしで。心から感謝しています。早くお礼を申し上げなくてはと思っていたのですが、つい……申し訳ございません」

彼女はうっすらと化粧をしていた。なかなかの美人だ。頬が微かに赤らんでいるように思える。ただ、髪の手入れは行き届いていない。ブラッシングが必要だ。

ガス台に載った二つの鍋の外側を、煮汁の筋が何本も走っていた。夕食の準備を進めていたのは明らかだった。しかし彼女は、小さなテーブルの後方から粗末なパイプ椅子を引き寄せ、言ってきた。

「どうぞ、ハーディングさん。お座りになってください」

テーブルは明らかに二人用にセッティングされていた。と同時に、すでに私はその家の中を観察し尽くしてもいた。ティモシーが母親と住むこの家は、その昔、毎年秋になるとやってきたハンターたちが野営用の小屋として使っていた、ワンルーム・キャビンに違いない。

古い冷蔵庫のすぐ先の天井近くを、洗濯用のロープらしきものが横切り、それに掛けられていた二枚のベッド・シーツが、家の中を一応二つに区切ってはいた。しかし、そのカーテンには、後方の薄暗い空間に置かれたむき出しのベッドを完全に隠すだけの機能は、備わっていなかった。

「さあ、どうぞ。お座りになってください、ハーディングさん」彼女はくり返した。

「ありがとうございます。でも今日は、もう失礼します。帰って、やらなくてはならないことがあるものですから……。ところで、来週はどうなんでしょう。次の試合は来週の火曜日なんですが、それまでに自転車の修理は終わっているんでしょうか？　もしまだのようであれば、迎えに来ますが」

　彼女の目に涙があふれてきた。

「あなたは本当に優しい方なんですね、ハーディングさん。ありがとうございます。でも、大丈夫です。土曜日までには修理が終わるって言ってましたから、今度の試合には充分に間に合うはずです」

「それはよかった。それじゃ、火曜日はまっすぐ球場に行くことにします。いや、夕食時におじゃましまして、ご迷惑をおかけしました。でも、お会いできてよかったです。あなたのようなお母さんがいて、この子はラッキーだ」

「どうなんでしょうか。精一杯のことはしているつもりなんですけど、いろいろと大変なことが多くて……思ったように手をかけてあげられないんです。でも、ハーディングさん、この子にとって何よりもラッキーなことは、あなたがこの子の人生の中に……今のこの時期に……現れてくれたことです。この子を選んでくれて、本当にありがとうございました。心から感謝しています」

彼女はそっと近づいてきて背伸びをし、私の頬にキスをした。

錯綜《さくそう》する様々な思いを胸に、私はゆっくりと車を走らせて家に戻った。

11 勇敢な天使 ……… one brave little Angel

土曜日の午後、コンビニに出かけ、ミルク、パン、ソーダ水、冷凍ディナーを買いだめしてきた後で、私は裏庭に出た。

ボビー・コンプトンと彼の仲間たちが手入れしてくれたばかりの芝生が美しい。ベランダの両脇に並ぶ薔薇の木の群れが、ピンクの花を咲かせている。去る五月に、サリーが一本一本ていねいに植え付けたものだ。あのときには、季節が早すぎるのではないかと心配したものだが、取り越し苦労だったようである。

私はその花の一つを枝ごと摘み取り、鼻に近づけて淡い香りを楽しんでから、トゲの付いた枝の部分を注意深くシャツの胸ポケットに差し込んだ。

続いて私は、ブルーベリーの熟し具合をチェックしようと思い立ち、芝生の先にある草原に足を向けた。ブルーベリーの実は、淡いピンクに色づいたものが所々にあるだけで、ほとんどがまだ薄緑色だった。収穫できるようになるまでには、少なくとも、もう二週間は必要のようだ。

もっとも、たとえ収穫されたとしても、それらの実には、サリー・ハーディング・パイやサリー・ハーディング・マフィン、あるいは彼女特製の巨大なターンオーバー[※7]に姿を変える道は、もはや残されていない。彼女のターンオーバーは本当においしかった。焼き上がったばかりの熱々のターンオーバーを両手の指先でつまみ、フーフー言いながら頬張ったことが、つい昨日のことのように思い出される。

思い出……またもや思い出！　私たちはまるで、一生を通じて、記憶を呼び覚ますためのより良い方法を、どこかの誰かから、ひっきりなしに教えられ続けているかのようである。加えて、記憶力の高め方を教える様々な講座までが存在している。

その一方で、物事を忘れる方法を教える講座は、私が知る限り一つもない。もし誰かがその種の講座を始めたとしたら、大人気を博すだろう。自分の記憶力を誇りにしている大人たちのほとんどが、恵みであるはずのその能力が災いに転じるという状況に、これまでに少なくとも何度かは出くわしているはずである。

火曜日はカブズが相手だった。その試合で私たちは、チャック・バリオを初めてマウンドに送ったが、われらがそのしなやかな左腕投手は、四回まではは失点がわずか一とい

※7　ターンオーバー＝生地に果物のジャムやシロップ煮などを詰め、二つ折りにして焼いたパイ

う、文句なしのピッチングを見せていた。一方、その間に天使たちは打ちまくり、八人もの走者をホームインさせていた。

しかし、野球とは本当に分からないものだ。五イニング目に入るや、カブズが猛反撃に転じ、試合を一気に振り出しに戻してしまったのである。チャックを代えなくては、代えなくてはと考えているうちに、いつの間にか七点が入っていた。まさに「あれよ、あれよ」という間の出来事だった。

私はタイムをかけ、ポール・テイラーをリリーフに送った。トッドを出したいところだが、彼は木曜日のパイレーツ戦に先発だ。さあ頼むぞ、ポール。

しかしポールにも、一度ついたカブズの勢いは止められなかった。すぐに私たちは、彼がいきなり三人の打者を歩かせ、その後で三連続長短打を浴びるという、信じ難い光景を目の当たりにしていた。

彼のその乱調は私の責任でもあった。主審がプレーを急がせていたとはいえ、私は彼に、マウンドに上がってからの投球練習をもっと長く行なうよう強制すべきだったのだ。すぐに私はそうしなかったことを悔いたが、もはや後の祭り。私たちは結局、十五対九というスコアで、その完全な勝ちゲームを落とすことになってしまった。

その試合におけるわがチームの打のヒーローは、静かなる遊撃手、ベン・ロジャーズだった。彼が二塁打二本とシングル一本を放ち、トッドがまたもやホームランを一本打っていた。

しかし、五回の攻撃で打席に立ったティモシーのバットは、またもや空を切るばかりだった。ティモシーは、まだヒットを一本も打っていない、ただ一人の天使だった。相手投手の投げる球を彼が空振りするたびに、残りの天使たちは、こぞってもだえながら、まるで自分のことのように口惜しがっていたものである。

木曜日はアンソニー・ピソのパイレーツが相手だったが、その試合は、まるで天使たちの体育祭だった。トッドが相手を完封《かんぷう》する一方で、打撃陣は、相手がくり出してきた四人のピッチャーに二十本ものヒットを浴びせ、大量十四点をもぎ取った。

しかし、彼らが手放しで浮かれていたかというと、そうでもない。彼らは明らかに、ティモシーの初ヒットをますます強く願うようになっていた。

四回の攻撃でティモシーが打席に入ると、私たちのダグアウトはコンクリート製の巨大な拡声器と化し、主審がタイムを取って近づいてきて、「なあ君たち、申し訳ないが、応援のボリュームを場内アナウンスのスピーカー以下に押さえてくれないかな。これじゃ私のコールが聞こえないんでね」と言ってくるまで、「あきらめるな！　あきらめるな！　ティモシー、ティモシー、あきらめるな！」の大合唱をくり返したものだった。

主審にたしなめられた後も、天使たちの応援意欲はいささかも衰えを見せなかった。彼らは全員が立ち上がり、あらためて打席に入ろうとするティモシーに拍手の嵐を浴びせることで、声援のボリューム低下分を埋め合わせていた。

さて、試合再開。相手ピッチャーが第一球目を投げる。ティモシーが食らいつく。カキーン！　当たった！　低いライナーがライト線上に飛ぶ……どうだ！　……惜しい！　打球は無情にもファウルグランドに落下した。

よし、ティモシー、それでいいんだ。今度はフェアグランド……あー、だめか。よし、今度こそ……あー、やはりだめだったか。二球続けてバットが虚しく空を切り、彼の初ヒットはまたもや夢と消えた。

しかし彼は、いつもどおりに全く悪びれることなく、グローブを手に元気にライトの守備位置に走っていった。

三塁コーチャーズボックスから戻った私に、ビルが手招きをした。

「どうした？」私は言った。

「ティモシーなんだけど、大丈夫かな。どう思う？」

「まあ、大丈夫だと思うけど、なんでだい？」

「いや、思い過ごしかもしれないけど、いつもより顔が青白いような気がするんだ。それに、さっきの回に外野から戻ってきたとき、足元が少しふらついていたんだよな。大丈夫かって聞いたら、頷いてはいたけど」

試合が終わってすぐ、私はティモシーを呼んで話をした。

「どうだい、ティモシー、新しいチェーンの調子は」

彼は元気に頷いた。

「最高…です…まるで……新品……の…自転車…みたいに」

おかしい。何かが変だ。見た目は元気そうなのだが、口から出る単語と単語の間が空きすぎている。

「どうした？　気分でも悪いのか？」

彼は首を振った。

「ちょっと疲れてるだけです。ママが早起きして朝ご飯を作ってて、その音で目が覚めちゃって。そのまま起きちゃったんです。今日はママ、早く出掛けなきゃいけなくて……」

「そうだったのか。今晩はたっぷりと眠るんだ。いいね？」

私はそう言って彼の頭をそっと撫でた。彼はうっすらと笑みを浮かべ、頷いた。

「監督、おやすみなさい」

私が駐車場に行くと、ビルが車に寄りかかり、心配そうな顔つきで待っていた。

「何か分かったか？　ジョン。ティモシーのことだけど」

私は肩をすぼめた。

「母親の物音で、だいぶ早い時間に起きちゃったらしいんだ。そのために、少し疲れてるだけだって言ってた。ただちょっと気になるんだよな。話し方が少し変だったんだ。催眠術にかかった人間が話しているような……そんな感じなんだよな」

ビルがため息をつく。

「何でもなきゃいいんだけどな……しかしね、ジョン、あの子には本当に驚かされるよ。何よりもまず、まだプレーを続けてるってことが驚きさ。これまでいろんな子供をコーチしてきたけど、あんな子は初めてだよ。あれほど三振を続けて、守りも、はっきり言ってずば抜けてへたくそだ。そういう子はこれまで、二、三試合で、まず間違いなくやめていったものなんだよ。自分の能力のなさを、これ以上人目にさらすのは耐えられない、ということでね。

ところがあの子はそうじゃない。毎試合、必ず出てきて、どんなときにも精一杯のことをしようとしている。同情を買おうとするそぶりも全く見せない。うまくプレーできなくても、決して落ち込んだりしない。そればかりか、チームメイトの全員に、誰よりも大きな声で声援を送っている。驚いた子だよ。ちっちゃな、本当に勇敢《ゆうかん》な天使さ、あの子は。俺たちの誰もが、あの子から、いろんなことを学ぶことができそうだな」

俺たちの誰もが、あの子から、いろんなことを学ぶことができる……私はビルのその言葉を、明かりを消してベッドにもぐり込んでからもなお聞き続けていた。

七月中旬のその月曜の午後は、ひどく蒸し暑く、リトルリーグパークの駐車場に着いて車から降りると、上空に巨大な積雲《せきうん》の群れが集結していた。

私たちはその日の夕方、シッド・マークス率いるヤンキーズ相手に、極めて重要な試合を行なうことになっていた。すでに全十二試合の半分を消化し、その時点で私たちは、四勝二敗でヤンキーズと並び、首位を分け合っていた。カブズとパイレーツも、ともに二勝四敗で並んでいた。

ビルの車の隣に、白い大型のバンが止まっていた。左右と後方のボディーに描かれていた「ニューハンプシャー最大のテレビ局…チャンネル9…WMUR・TV…マンチェスター、ニューハンプシャー」という赤い文字群にチラッと目をやりはしたが、別段気にとめることもなく、私はライト側の入り口を抜けて球場に入った。

ん？　何だ、あれは。ジーパンにTシャツ姿の若者二人が、三脚に乗ったテレビカメラを前にして、何やら言い合っている。カメラのレンズは一塁側ベンチに向けられているようだ。私たちのベンチだ。その日、私たちはビジターチームとして試合することになっていた。

カメラの向こう側に、濃紺のビジネススーツに身を包んだもう一人の若者が立っていた。ゆっくりと近づいていった私に気がついた彼が、二人の仲間に声を掛ける。

「おっと……さあ、みんな、主役の登場だ。最高のタイミングだね」

「ハーディングさん……」彼は私に手を差し出し、言ってきた。「初めまして、トム・ランドと申します。マンチェスター・チャンネル9のスポーツキャスターをしています。インタビューをお願いしたくて参りました。今夜の十一時のニュースで流す予定になっているんですが、リーグ会長のランドさんには、すでに許可をいただいてあります」

「いったい私に、どんな理由でインタビューしたいんです？　ニューハンプシャーには、私以外にもリトルリーグの監督が何百人もいるじゃないですか。それに、もしあなたが本当に優れた監督と話がしたいなら、それはたぶん、向こうのダグアウトにいるあの男、シッド・マークスですよ。彼は素晴らしい監督です。子供たちからすごく慕われてもいますし」

「ええ……」彼は頷いて言った。「リトルリーグの監督やコーチは、おっしゃるとおり、この州に何百人もいるかもしれません。でも、このニューハンプシャーのみならず、全国的に見ても、あなた以上に著名な監督は一人もいないはずです。あなたがこの若さで、ミレニアム・ユナイテッド社の最高経営責任者の地位にどうやって上り詰めたのか……それを知らない視聴者は、ほとんどいないと言ってもいいほどです。しかもその直後に……その……」

彼はそう言って視線を足元に落としたが、すぐに顔を上げ、無理に笑顔を作って話を続けた。

「そして今、それほどの著名人が、フォーチュン五百企業[※8]の一つではなく、こんな小さな町のリトルリーグのチームを管理することに力を注いでいる。こんな信じ難いニュースは、そうあるものじゃありません。全国ネットよりも先にあなたを捕まえることができて、われわれは本当に幸運です！」

「ちょっと待ってください。あなたはいったい誰にインタビューしたいんです？　エンジェルズの監督のジョン・ハーディングなんでしょうか？　それとも、ミレニアム社の社長をほんの一時期務めた男としての、ジョン・ハーディングなんでしょうか？」

※8　経済誌『フォーチュン』が毎年掲載する売上規模上位五百社

スポーツキャスター氏の広い額に、突然、深い溝が何本も現れた。

「え？……も、もちろん……両方です」彼はどもりながら言った。

「申し訳ありませんが、断らせてください」

彼はまるで、私のその言葉を聞かなかったかのようだった。

「ハーディングさん、それほどお手間は取らせません。十分程度ですむと思います。いくつかの質問に簡単に答えていただければいいんです。多くの視聴者が、あなたにぜひ答えてほしいと思っている質問ばかりです。たとえば、この二、三ヶ月間、つまりあの悲劇以降、どのように過ごしてこられたのか……それから、あなたがスター選手としてプレーしていた頃のリトルリーグと比較して、現在のリトルリーグは、環境面および選手たちの能力面において、どれほどの進化を遂げているのか……とまあ、そういった質問をさせてほしいんです」

「ランドさん、試合の準備をしなくてはなりません。私のような人間に興味を持っていただいて、あなたにも、あなたの素晴らしいテレビ局にも感謝します。でも私の答えはノーです。申し訳ありませんが、そのカメラを大至急グランドから運び出してほしいんです。ごらんのとおり、子供たちがもう集まってきています。その機材は、明らかに彼らの集中力を乱します。

グランドの外から試合の様子を撮影なさりたいなら、ご自由にどうぞ。バックネット裏のスタンドに、ジョージ・マコードさんという、少し歳のいったハンサムな若者がいます。場内アナウンスを担当してくれているんですが、彼に頼めば、そのカメラを設置する最善の場所を、喜んで見つけ出してくれるはずです」

私は右手を差し出した。「お会いできて良かったです、ランドさん」

彼は口を半開きにし、「信じられない」という顔で私を見つめた。

「インタビューをお受けにならない、ということなんでしょうか？」

私は彼の肩を叩いて言った。「そのとおりです！　それでは、よろしくお願いします。そのカメラを大至急移動してください。子供たちの練習が始まりますので」

それは厳しい試合だった。三塁側スタンドに陣取ったチャンネル9のカメラの前で、エンジェルズ、ヤンキーズ双方の選手たちが、まさに必死の戦いを繰り広げた。どの選手も、まるでその試合に命を賭けているかのように真剣だった。

先行したのは、わがエンジェルズだった。二回の表、ボブ・マーフィーがセンターオーバーの三塁打を放ち、ズーロとニュアンバーグがホームイン。しかし、四回の裏にヤンキーズが猛反撃。突如コントロールを乱したポール・テイラーに襲いかかり、二つの四球の後の四連続ヒットで、一挙に四人の走者をホームインさせた。

二点の後れを取ったわがエンジェルズは、六回の表にどうにか一点を返したものの、結局は四対三で惜しくも敗戦。天使たちは地団駄《じだんだ》を踏んで悔しがっていた。

その試合での一番の収穫は、タンク・キンブルが本来のバッティングを取り戻したことだった。彼はシングルヒット二本に加えて、なんと二塁打まで放ち、それには彼を知る誰もが驚かされたものだった。

そしてティモシーだが、彼は五回の表、塁上に二人の走者がいる場面で打席に入った。そこでヒットを打てば、一躍ヒーロー、という場面である。私は思わず、小さな声で神に祈っていた。彼にヒットを打たせてください。シングルヒットで充分です。

試合後に家に戻ってから気づいたことだが、私が祈りの言葉を声に出して唱えたのは、葬式以来のことだった。

ティモシーは最初の二球を思いっきり空振りした後で、二つボールを選んだ。その二つとも、頭の上を通過する明らかなボールだった。そして五球目、彼はあらためて足場を整え、投球を待った。ボールが来る……必死でバットを振る……当たった！

それは、三塁手の頭上に上がった当たり損ないのフライだった。しかしながら、ついに彼は、試合で初めて、フェアグランドに打球を飛ばすことができたのである！

チームメイト全員がいっせいに立ち上がり、一塁側ベンチに戻ってくるティモシーを、小躍りしながら、盛大な拍手と歓声で出迎えた。彼は途中で立ち止まり、帽子を取って仲間の声援にこたえてから、三塁側スタンドのカメラに向かっても同じ仕草をくり返し、満面に笑みをたたえて戻ってきた。

私は彼を注意深く観察していた。ダグアウトの階段を下りるとき、彼の足は少しふらついているようだった。続いてベンチに座るときの彼は、まずベンチに両手をついて体を支え、その後でゆっくりと腰を下ろしていた。

水曜日の夕方、天使たちは気分一新、カブズを相手にほぼ完璧な試合を行なった。ティモシーを除く全員がヒットを放ち、三人の選手が三安打以上を記録するというおまけまでつけて、大量十三点を奪う一方、失点はわずか一という圧勝だった。

トッドはその試合で、兄から教わったというナックル・ボールを始めとする、二、三の新しい球種を試していた。それがなければ、その日の彼は間違いなく、もう一つの完封試合を達成していたはずである。

ティモシーは惜しいファウルを一つ飛ばしたものの、結局は四球で三振に倒れた。

しかし彼は守備面で、彼にしては画期的なプレーを披露した。ライトに飛んだかなりいい当たりのフライを、初めて直接キャッチしたのである！

真正面の当たりではあったが、目線の少し下に構えた新しいグローブでボールをわしづかみにしたときの姿は、まるで大リーガーのようだった。またしても、グランド上とベンチにいた天使たち全員が歓声を上げ、小躍りして喜んだ。

前の試合のとき同様、彼は帽子を取り、それを元気に振りながら仲間の声援にこたえていた。しかしなんという子なんだろう。周囲の人間の心をこんなにも捕らえてしまうなんて……。

守備を終えてベンチに戻ってきたとき、彼は大声で叫んだものだ。

「毎日、毎日、あらゆる面で、僕らはどんどん良くなってる!」

その試合が終わった時点で、残る試合はあと四つ。ヤンキーズが六勝二敗という記録的な勝率でトップを走り、私たちは五勝三敗で二位につけていた。

よし、このままで行けば、上位二チームで戦う優勝決定戦に残ることができる。満足していい成績だ。とはいえまだ四試合も残っている。三勝五敗のパイレーツにも、そして二勝六敗のカブズにさえ、決定戦に出るチャンスはまだ充分に残されている。安心は禁物だ。

そしてティモシー・ノーブル……彼はまだ一本のヒットも打てていない。決定戦を含めた残り五試合の中で、なんとか打たせてやりたい。何か妙案はないものか。

彼がヒットを放つ機会は、その五試合を逃すと永遠に訪れないということなど、私にはまだ知る由もないことだった。

12 伝説のメッセンジャー先生 ……… the Legendary Doc Messenger

七月四日の独立記念日には、ニューイングランド地方のほとんどの町で、毎年盛大な花火大会が催されている。ただしボーランドの花火大会は、そのいわば「国の誕生日」ではなく、「町の誕生日」である七月十七日に行なわれている。町の記録によれば、無愛想な野生動物と先住民たちだけが住んでいたその地に、アイザク・トーマス・ボーランドが最初の入植者として移り住んできたのが、一七三五年の七月十七日だったのだという。

毎年その日には、町民のほとんどがボーランド・リトルリーグパークの内外に集い、暗闇の訪れとともに外野の芝生から打ち上げられて空中乱舞をくり返す、ロケット花火やローマ花火（乱玉）に歓声を上げている。

そしてもちろん、七月四日には近くのコンコード市に出掛け、そこの花火にも酔いしれることで、一夏に二度の花火大会を楽しんでいる町民が少なくない。

その年の七月十七日は月曜だった。そのため、原則として月曜から木曜にかけて行なわれていたリトルリーグの試合は、その週だけは一日ずれて、火曜から金曜にかけて行なわれることになっていた。私たちの次の試合は火曜日の夕方、パイレーツが相手だった。

月曜日の午後、ビルが電話をしてきて、息子のエディーと花火を見に行くので付き合わないかと言ってきた。彼の心遣いはうれしかった。しかし私はその気になれず、感謝の言葉を述べて断った。

ライ麦パンとパストラーミ[※9]に脱脂乳の夕食を取り、私はベランダに出た。最初の花火が爆発音を響かせたのは、私が指定席の揺り椅子に体を横たえ、うとうとし始めたときのことだった。その音は、まるで私の家のすぐ上から聞こえてきたかのように強烈だった。私が驚いて空を見上げると、鮮やかな色彩の無数の星々が、竜巻のように立ち昇った白い煙の柱の周囲をゆっくりと落下していた。

私は椅子に座り直し、リトルリーグパーク上空で次々と演じられる華やかな光のショーを眺め続けた。その野球場は、私の家のちょうど真後ろの方向、松や楓の木が立ち並ぶ、背の高い森の向こう側にある。わが家とそこまでの距離は、直線距離にすれば、わずか八百メートルほどにすぎない。

※9　パストラーミ＝ニンニク、コショウ、砂糖、コエンドロの実に漬け込んだ、牛の胸部肉。燻製にして調理する

数分後、私は花火を見ることに苦痛を感じ始めていた。リックは幼い頃から花火が大好きだった。そこでサリーと私は、彼が三歳のときから、毎年独立記念日には、近くのどこかで行なわれる花火大会に必ず連れていくようにしていた。最初は、カリフォルニア州サンタクララ郡だった。その次と次はコロラド州デンバー……。

最初の二年間、私は彼を膝に抱いて花火を見せていた。彼が私の膝の上ではしゃぎ続けていたのが、まるで昨日のことのようだ。焼けた硫黄《いおう》の独特の臭いが立ちこめる中、花火が一つ打ち上げられ、上空で鮮やかな色彩のきらびやかな星々を放出するたびに、リックは両手の人差し指を天に突き刺しながら、甲高い叫び声を上げたものだった。彼の青い目は、額に皺が何本も入るほどに見開かれていた。

ボーランドの誕生日を祝うその光のショーを二十分ほど眺めてから、私は家に入り、二度と目覚めないことを願いながらベッドに潜り込んだ。私は寂しかった。この上なく寂しかった。

火曜日の夕方、バッティング練習中の天使たちは、まるで凧よりも高く舞い上がっているかのようだった。彼らは、明らかに自信過剰気味になっていた。ビルと私が、まだどうなるか分からないと言い続けていたにもかかわらず、すでに彼らの関心は、優勝を賭けたヤンキーズとの大一番に向けられていた。

その日はティモシーが新品の真っ白な野球シューズを履いて現れ、仲間全員から冷やかされてもいた。赤と黒のプラスチック・スパイクの付いた、ナイキ社製の本格的な野球シューズだった。

ティモシーは球場に来るなり、私に駆け寄ってきて言ったものだ。

「監督、見てください、これ。新しい靴なんです！」

「おっ、すごいね！　履き心地はどうだい」

彼は目を輝かせて頷いた。

「もう、最高です！　メッセンジャー先生が今朝、僕をコンコードまで連れていって買ってくれたんです。その古いスニーカーじゃ、野球をやるのは大変だろうって言って！」

そう言うと彼は、まるで陸上の短距離ランナーのように両腕をがむしゃらに振り、つま先でしっかりと地面を蹴りながら外野に向かって走っていった。

パイレーツとの試合は、完璧な投手戦で始まった。われらが先発投手、ポール・テイラーは、明らかにそれまでで最高の出来だった。相手投手も素晴らしい出来で、最初の二イニングは、どちらのチームもボールを外野に運ぶことさえできなかった。

ところがである。まるで、あっという間に方向を変えるニューイングランドの気まぐれな風のように、三イニング目の攻撃でトッドとタンクが相次いでホームランを放つや、試合は一転ガラッとおもむきを変え、激しい打撃戦に切り替わった。続く天使たちの打棒も炸裂し、その回だけでさらに七人の天使がホームに戻ってきた。

アンソニー・ピソのパイレーツも負けてはいなかった。四回に入り、突如コントロールを乱したポールを攻め込み、一挙に六点を上げて反撃してきたのである。しかしポールは、そこでなんとか踏みとどまり、それ以上の得点を許すことなく、その回を終了させた。

五イニング目に入り、ティモシーが打席に向かった。

残りの天使たちが大声援を開始する。

「ティモシー、ティモシー、あきらめるな！　絶対、絶対、あきらめるな！」

続いて彼らは、それに手拍子を加えて応援を加熱させた。するとそれが、私たちのダグアウト上のスタンドを皮切りに、あっと言う間にスタンド全体に広がり、球場全体がリズミカルな手拍子と声援で包まれるという、すごいことになってしまった。

その小さな天使の初ヒットを誰もが待ち望み、応援していた。そして彼はそれを打とうと頑張った。必死になって頑張った！

空振り……そしてまた空振り……カウントはツーストライク・ノーボール……あきらめるな、ティモシー。まだ一球ある……よし、構えはいい……スイングも悪くない！しかし結果はまたもや空振り。観衆の応援がため息に変わった。

その日の試合は、最終的に私たちの勝ちとはなったが、十四対九という何とも締まらない試合だった。

彼は、私の車の隣に止まっていた古いジャガーのトランクに腰を掛け、球場から出てくる私を待っていた。彼が誰であるかを、私は知っていた。彼が私に自己紹介をする必要はなかったが、それがなくては物事が進まない。

「ハーディングさん……」彼は笑みを浮かべ、大きな右手を私に差し出してきた。

「医者をしているメッセンジャーという者です。隣に止まっている車があなたの車だということを先ほど聞いたものですから、これは良い機会だと思い、待っていました。あなたと、あなたの勇気、それから、子供たちを率いるあなたの素晴らしい才能に、私が最大の敬意を払っているということを、直接お会いしてぜひ申し上げたかったんです。子供というものは、いい加減な大人をすぐに見抜くものです。エンジェルズの面々が、あなたを尊敬し、あなたのもとでプレーすることを心から喜んでいることは、すでに誰の目にも明らかです」

「いや、あなたからそんなお言葉をいただけるなんて、恐縮の極みです。ありがとうございます。しかし、伝説のメッセンジャー先生に、ついにお会いすることができました。私にとって、こんなうれしいことはございません。ご高名《こうめい》はずっと以前から存じ上げておりました。ティモシー・ノーブルからも、あなたのことは何度も聞かされています。あなたのような方に見守られていて、ティモシーは本当に幸運な子です」

その老医師は腕を組むと、あらためて笑みを浮かべ、独特の低音を響かせた。

「いや、それはどうでしょうか。私にはよく分かりません。ただ、これだけは確かなことです。あなたのもとでプレーできて、あの子はどんなに幸せなことか」

「……ところで先生、ティモシーなんですが、どこか悪くはないんでしょうか？　ときどき足元がふらついたり、走っているときに、ひどくつらそうにしていることがあるんです。彼自身は何でもないと言ってはいるんですが」

その老医師は、答えるまでに、白い立派な顎髭を五、六回、手でしごいた。

「ええ、特に心配はいらないでしょう。子供に特有の些細《ささい》な問題が二、三あるだけです。一応、注意して観察するようにはしていますがね。それでまあ、そのためばかりでもないんですが、彼が出る試合はすべて見に来ているんです」

「毎日、毎日、あらゆる面で……」

彼は肩をすぼめ、微笑んだ。

「しかし、その自己暗示の古典を、あの子はすっかり自分のものにしていますよね。本当に素直な、いい子です。私が教えたのは二つだけなんですが、それをあの子は、しっかりと活用している。そのおかげで彼は、まだヒットを打つまでには至っていませんが、自分の心を常に前向きな状態に保ち、常に希望を持って生きる、ということには見事に成功しているようです」

「ええ、そのようですね」

「自己暗示……実にパワフルな、驚くべき道具です。そのパワー……単純なフレーズが持つ神秘のパワー……それを信じて唱え続けるだけで、誰もが奇跡的なことを成し遂げられるんです。そうやって、潜在意識を前向きな思いや言葉でプログラミングするだけで、私たちの誰もが、人生で奇跡を起こせるんです」

「ええ」

「そもそも私たちは、自分自身に、何らかのことを常に語り掛けているわけですからね。そうやって知らず知らずのうちに、自分自身に何かをインプットしているわけです。だったら、インプットするものは、前向きな言葉やアイデアのほうがいいに決まっています。そもそも、私は勝てる、私はこの仕事を成功させられる、私は売れる、と言うのも、私は勝てない、私はこの仕事を成功させられない、私は売れない、などと言うのと同じくらい簡単なことなんです。ノーマン・ビンセント・ピール、W・クレメント・ストーン、ナポレオン・ヒル、マクスウェル・モルツ……他にもたくさんいますが、とにかく、この世界が生んだ素晴らしい思想家たちの誰もが、人生を好転させるためのこの単純なテクニックを、私たちに教えようとしてきました」

「ええ、彼らなら私も知っています」

「エピクテトスはご存じでしょうか?」

「いえ」

「古代ローマの哲学者ですが、彼もこのテクニックを教えているんです。彼はさらに、愛する人を失った悲しみに対処するための特別な方法まで教えています。彼はこう言っています……もう何も言うまい。私は愛する人を失った。しかし私は、彼女を、ここに来る前にいた場所に戻しただけなのだ。あなたの息子が亡くなった? 彼は戻されたのだ。あなたの妻が亡くなった? 彼女は帰されたのだ……」

そこで彼は、私の肩を二、三度、そっと叩いた。

「これからも素晴らしいご指導をお願いします、ハーディングさん。今日はお話しすることができて、本当によかった」
そう言って彼は車に乗り込み、家路についた。言葉が出なかった。
彼の車が駐車場を出ていく。私はゆっくりと車のドアを開け、運転席に体を落とした。

シッド・マークスのヤンキーズと相対した木曜日の試合は、もう一つの苦い戦いとなった。先発投手は、トッド・スティーブンソンとグレン・ガーストン。またもやエース同士の投げ合いだった。

三回裏、左中間を破る二塁打を放ったジャスティン・ニュアンバーグが、続くポール・テイラーのセカンドゴロで三塁に進んだ。三塁まで走者が進んだのは、両チームを通じて、それが初めてだった。しかし後続が断たれ、その回も私たちは得点できなかった。

三回を終了して、両チームとも無得点。息詰まる投手戦である。

そして四回、ゲームが動いた。ヤンキーズの攻撃は一番からの好打順。トッドは相変わらず好調で、一番、二番を連続三振に打ち取った。しかし、次のバッターを四球で歩かせたのが痛かった。

続くバッターは、ヤンキーズの四番。シッド自慢の強打者である。彼が強振したボールは、低いライナーとなってレフト線上をグングンと伸びていき、そのまま、まさかのフェンス越え！　私たちは一気に二点を追う立場に立たされてしまった。

さすがのトッドも動揺したようだ。続く五番のガーストンに、ファウルで粘られた後、またもや真《ま》っ芯《しん》で捕らえられた。ライトへの大飛球！

ビル・ウェストが両手で頭を抱え込み、うなり声をあげる。しかしその声は、すぐに歓喜の絶叫に変わった。あらかじめ深く守っていたティモシーが、ボールの下にうまく回り込み、私が教えたとおりの捕り方で、その大飛球を見事にキャッチしたのである！

スタンドにいた観衆のほぼ全員が立ち上がり、怒濤のような拍手と喝采で、ベンチに戻ってくるティモシーを出迎えた。ベンチに戻ってきた彼は、私を見て叫んだものだ。

「あんなの軽いですよ！」

ただし、打席での彼は相変わらず、あまりいいところがなかった。ファウルで何球か粘りはしたが、最後にはまたもや空振り。結局は三振だった。

もっとも、打てなかったのは彼ばかりではない。天使たちのほぼ全員がガーストンにバッティングをさせてもらえず、結局私たちは、ヤンキーズに一勝しかできないまま、つまり三敗目を喫《きっ》して、彼らとのレギュラー対戦を終了することになった。

次の週の月曜日、私たちはチャック・バリオを先発のマウンドに送り、カブズを十七対五でねじ伏せた。それは、私たちの二位を決定づけた価値ある一勝だった。それによって私たちは、その次の週の土曜日に、リーグ優勝を賭けて、もう一度ヤンキーズに挑む権利を手にできたのである。

カブズとのその最終戦では、ベン・ロジャーズとボブ・マーフィーが三本のヒットを放ち、タンクがもう一つのホームランを披露した。四回を迎えた時点ですでに試合は決まっていたため、私は、その回から出場のアンドロス、ラング、ノーブルの三人を、そのまま最後までプレーさせることにした。

ティモシーは、他の天使たちの打棒が爆発し続けたおかげで二度のヒットチャンスを手にできたが、彼のバットは相変わらず空を切るばかりだった。しかし彼は、それでもなお背筋をきりっと伸ばして、頭を高くしたままベンチに戻ってきた。落ち込んだ様子は微塵《みじん》もない。まったく、なんという子供なんだろう!

天使たちが六回の守りに就いたとき、ビル・ウェストが私に尋ねてきた。

「なあ、ジョン、ティモシーの話、聞いたか?」

「いや。どうしたんだ?　何かあったのか?」

「うん、さっき連中から聞いたんだけど、あの子の自転車、また動かなくなったらしいよ。今日ここに来る途中でチェーンがまた切れちゃったらしいんだ。ここから三キロほどのところでね……それで、自転車を道端に置いて、そこからここまで走ってきたんだそうだ。時間に間に合うようにな。見上げた根性だよ」

試合後、私は用具を片づけながら、小走りに球場を離れようとするティモシーを呼び止めた。

「はい、何ですか？」

「家まで乗せてくよ」

彼はため息をつき、新しい靴で地面を蹴りつけた。

「あのオンボロ自転車のこと、誰かが話したんですね？」

「ああ」

車に乗り込み、十分ほど走った辺りで、助手席にいたティモシーが大声を上げた。

「あっ、道が違います！」

「ああ、俺の家はこっちなんだ」

「監督の家に行くんですか？　でも何しに？」

「行けば分かるよ。すぐにすむ」

私たちの乗った車は、間もなく私の家の私道に到着した。緩い坂を登り切ったところで、ガレージの自動扉のリモートスイッチを入れる。その扉が最後まで上がるのと、中の電灯がつくのを確認して、私は車から降りた。

「さあ、ティモシー、降りよう。見せたいものがあるんだ」

彼は私の後を不安そうな顔でついてきた。すぐに私たちは、ハフィー社製の真っ赤な「ストリートロッカー」の前で立ち止まった。その真新しい自転車は、ガレージの壁から突き出した二つの大きな留め金に掛けられていた。私は息を殺し、二本のタイヤを押してみた。うん、大丈夫だ。空気は充分に入っている。

続いて私は、リックに買ってやったその最後の誕生日プレゼントを両手で持ち上げ、ティモシーの目の前のコンクリートの床にそっと降ろした。

「さあ、これは今日からお前のだ。ここに掛かってても、誰も喜ばないしな。リックもきっと、お前に使ってもらえば喜ぶと思うよ」

ティモシーの小さな両手が、傷一つないクロムメッキのハンドルをゆっくりと撫でる。

「これ、新品じゃないですか」

「まあ、ほとんどそうだな」

「これ、本当に僕にくれるんですか？　ずっとこれに乗ってていいんですか？　野球が終わってからも？」

「ああ、ずっと乗ってていいんだ。今日からこれは、永遠にお前のものなんだから」

「やったー！……」彼は絶叫した。「僕、大切にします。絶対大切にします！」

「そうか……うれしいよ……さて、もうほとんど真っ暗だ。この自転車は車のトランクに入れて、お前と一緒に家まで乗せていくことにするよ。これに乗るのは、明日までお預けだ。いいな？」

彼は元気に頷いて言った。

「新品の自転車なんて、僕、生まれて初めて乗ります」

ティモシーの家には、まだ明かりがついていなかった。

「まだ仕事から帰ってないみたいです。車がありませんから」

私はトランクから自転車を出し、彼の家のボロボロの外壁に立て掛けた。

「一人で大丈夫か？　ティモシー」

「全然平気です。もうすぐママが戻ってきますから。あっ、そうだ、監督。ママがね、僕に約束してくれたんです。何だと思います？」

「うーん、見当がつかないな。何を約束してくれたんだ？」

「もしね……もし僕らが、来週の土曜日の優勝決定戦に出られたとしたら、ママ、絶対にその試合を見に来るって……そう言ったんです。その日は、ボスがどんなに怒っても、絶対に休みを取るって言ってました。すごいでしょう？」

「ああ、良かったじゃないか！」

「ママはまだ、僕のプレーを一度も見にきたことがないんです。どうしてだと思います？　たぶん……たぶんね……その試合で、ママが見ている前で、僕が初めてヒットを打つからです！」

「なるほど、そういうことか。うん、そうなるといいな、ティモシー……いや、待てよ、ティモシー。その前にもう一つ試合があるじゃないか。今度の水曜の夜。相手はパイレーツ。決定戦の準備をするための大事な試合でもあるし、その試合も頑張らなきゃ。いいな？　それじゃ、水曜日。リトルリーグパークで会おう」

「はい、分かりました。ありがとうございます、監督。ありがとうございます！」


私の天使たちは、一週間以上も先のヤンキーズとの優勝決定戦に、もはやすっかり心を奪われてしまっているようだった。おかげで、リーグ戦の最終ゲームであるパイレーツ戦は、なんともひどいゲームになってしまった。

最終決戦に向けた準備の一環として、私はトッドとポールの両エースに、それぞれ三回ずつを投げさせたが、彼らを含めたほぼ全員が全く締まらないプレーをくり返していた。十一対十というスコアで、どうにか勝つには勝ったが、それもひとえに、その試合に勝とうが負けようが、すでに三位となることが確定していたパイレーツの面々の、もっと気の抜けたプレーがあったからに他ならない。

すでに優勝決定戦への出場が決まっていたため、その試合で私は、ティモシーを六イニング、フルに出場させた。あれほど打ちたがっていた初ヒットを、なんとか打たせたいという思いからである。

しかし彼は、二回に回ってきた打席でいい当たりのピッチャーゴロを打ったが、その後の二打席はまたもや空振りの三振だった。

ビルと私が用具類をとりまとめて車のトランクに入れ終わったとき、球場からも駐車場からも、すでに人影は消えていた。

薄明かりの中で、私はその旧友に歩み寄り、右手を差し出した。

「お前に恩返しをすることは、一生かかってもできそうにないよ」

ビルは頭を軽く傾け、眉間《みけん》に皺を寄せた。

「何のことだ?」

「なあ、ビル。お前は、俺の人生の中に、これ以上ないというタイミングで戻ってきてくれたよな……それで、俺が関わり合うもの、思いをめぐらすもの、生きる理由となるもの……あの天使たちを、俺に与えてくれた。お前は、あの子供たちと一緒に、俺がもうしかいと思っていたもの……俺の命、俺の人生を、俺のもとに引き戻してくれたんだ。どんなに感謝しても感謝しきれないよ」

私たちは抱き合い、「おやすみ」を言って別れた。

私は胸を熱くしながら、車に乗り込もうとした。とそのときである。ビルが突然私を呼び止めた。「なあ、ジョン！……」私は振り返った。

「まあ、俺も含めて、チームの全員が、少しは力になれたかもしれないな……」ビルが感慨深げに言ってきた。「でも、一人だけ特別な人間がいないか？　ジョン」

「………」

「あの、ちっちゃな天使さ。お前が一番に感謝しなきゃならない相手は、あのちっちゃな天使だろうな。あの子は俺たちみんなに、人生とはこうやって関わるもんだということを、会うたびに教えてくれたよ」

その後、自分が車のエンジンもかけずにどれほど長く運転席に座り続けていたのか、私は覚えていない。

13 土曜日の優勝決定戦

the championship game on Saturday

土曜日の優勝決定戦を待つ耐え難いほどに長い一週間の間に、どちらのチームも二度の練習を行なった。練習日は、私たちが月曜と水曜、ヤンキーズは火曜と木曜に決められていた。私たちがその練習で心掛けたことは、基本的な技能、特にバッティングの基礎を再確認することだった。

月曜日、子供たちは意気揚々と練習にやってきた。しかし、ビルと私はもう一つ浮かない気分だった。というのも、レギュラーシーズンの最終戦が終わった直後に、ポール・テイラーの母親から、彼が決定戦には出場できないと聞かされていたからだ。

「ゴルフとスキューバダイビングを楽しむために、一家でバミューダに出かけることになっているんです。十ヶ月以上も前から決まっていたことで、ホテルも予約してありますし、主人も前々から休暇を取ってあって、もう変更ができないんです。まさかあの子がリーグチャンピオンを決める試合に出ることになるなんて……その頃にはまだ、野球を続けるかどうかさえ、はっきりしていなかったんです」

決定戦の前日に出発して、向こうで二週間を過ごしてくる予定だということだった。

しかしながら、月曜日の練習が始まる直前、浮かない顔をした二人の中年男のもとに、ポールの父親がニコニコ顔で現れ、とびっきりうれしいニュースを届けてくれた。

ビルと私は、そのニュースを聞くなり「信じられない」を連発した。彼の会社が、休暇を一週間先にずらしたいという彼の急な希望を、すったもんだの末に受け入れてくれた上に、かの有名なソネスタビーチ・ホテルに急に予約の取り消しが入り、そちらも、滞在期間を一週間先にずらすことが奇跡的に可能になったというのである！　私たちの憂鬱《ゆううつ》は一気に吹き飛んだ。


土曜日のビッグゲームは午後二時にプレーボールの予定だったが、私が一時少し前に球場に着くと、スタンドはすでに満員で、白いユニフォームに身を包んだ売り子が二人、アイスクリームとポップコーンを忙しく売り歩いていた。加えて、さすがジョージ・マコード。ここぞというときのつぼを、しっかりと心得ている。カレッジ行進曲がいつもよりかなり大きな音で場内に流れ、真夏の午後の優勝決定戦のムードは、いやが上にも盛り上がっていた。

さらに、ライト側およびレフト側のファウルグランドでは、折り畳み椅子を持参してきた観客たちの陣取り合戦がくり広げられていた。毎年、優勝決定戦のときにだけ許される行為である。古くからの取り決めで、その日だけは、ファウルグランド内、フェンス沿いでの観戦が許されている。

球場内のいつもとは違う雰囲気を楽しみながら、私がゆっくりとホーム方向に歩き始めると、ビルが早足に歩み寄ってきた。

「やあ、ジョン。知らせたいことが二つあるんだ……」額の汗をぬぐいながら彼は言った。「あそこ……えー……バックネット裏に……」その方向を見ることなく彼は言った。「コンコード・モニターと、マンチェスター・ユニオンリーダーから来た、記者の連中がいる」

「こんなちっちゃな町の、リトルリーグの試合にか？　大学野球の州チャンピオンを決める試合なんかじゃないんだぜ？」

「いや、連中は、十億ドル企業の最高経営責任者が、十三歳未満の子供たちをどうやって管理するのかを、観察しにきてるのさ」

「冗談じゃない。いい加減にしてほしいよ！」

「まあ、いいじゃないか。さっき少し話をしたけど、いい連中だよ。気にすることないさ」

四人の天使たちがすでにやってきていた。ティモシー、トニー・ズーロ、ポール・テイラー、それにジャスティン・ニュアンバーグもいる。ポールは相変わらず張り切っているようだ。三塁の守備位置に着き、ジャスティンが一塁の守備位置から地面に目掛けて放り投げるボールを、軽快にさばき続けている。ティモシーはトニーとキャッチボールをしていた。

「それで、俺に知らせたいもう一つのことって何なんだい？　ビル」

「実は、ティモシーの母親が来てるんだ。一応、教えておいたほうがいいと思ってね。三塁側ダグアウトのすぐ右側、スタンドの最前列。メッセンジャー先生と一緒にいる。ほら、白いTシャツにピンクの帽子をかぶってる、あの人さ」

「……ああ、分かった。そうだ。確かに彼女だ。ありがとう、ビル」

私はすぐに二人のいる場所に向かい、フェンス越しに右手を差し出した。

「ノーブルさん……先生……ご両人とも、よくいらしてくださいました。ティモシーにとって、こんなに心強いことはないでしょう」

ノーブル夫人が笑みを浮かべ、頷いた。

「今日は何をさておいても来るつもりでした、ハーディングさん。勝てるよう祈っています」

「ありがとうございます……いやあ、先生、またお会いできて光栄です」

その老医師は、私にもう一度握手を求め、言ってきた。

「私のほうこそ、光栄です、ハーディングさん。ところで、一つ確かめておきたいことがあるんです。近年とみに記憶力が弱くなってね。確か、ティモシーはまだヒットを一本も打っていませんでしたよね？」

「ええ。残念なんですが、おっしゃるとおりです」

彼はかぶっていたヨレヨレのカウボーイハットを手に取り、それをじっと見つめた。

「とすると、今日が最後のチャンスになるわけか……」

「ええ、そういうことになりますね……今年は、ですけどね……これが最後のチャンスです。ただ、難しいかもしれません。ヤンキーズは今日、当然エーススピッチャーが出てきます。その子がなかなか手強くてね。誰にとっても、そう簡単には打てない相手なんです」

「なるほどね、そうなんですか……」彼は静かに言った。「まあとにかく、幸運を祈りますよ。あの子が打席に入ったときには、特に力を入れて祈ることにしましょう」

「それは何よりです。ぜひお願いします」

私がそう言ってグランドに目を転じると、すでに十二名の天使全員がグランドにいて、思い思いに練習を始めていた。ほぼ時を同じくして、耳慣れた『ノートルダム行進曲』の旋律が場内に流れ始めた。

バックネット裏のスタンドにいたランド氏と目が合い、私は手を上げた。彼も手を上げてこたえてきた。ランド氏の隣にはナンシーが座り、目の前にある折り畳み式の長いテーブルの上に目を走らせている。そこには二十四個のトロフィーが並べられていた。

それらのトロフィーはすべてが、実物大の金色の野球ボールと、それを乗せる木製の台座からなる、全く同じトロフィーだった。それぞれの台座に貼られた金属プレートには、すでに個々のプレーヤー名とチーム名、および「第四十四回ボーランド・リトルリーグ優勝決定戦」という文字が刻まれていた。ボーランド・リトルリーグの優勝決定戦は、伝統的にいかなる敗者も作らない。

二人の審判がホームプレートに歩み寄り、シッドと私に手招きした。背の高いほうのジェイク・ラフリンが主審を務め、小柄なティム・スペリングは塁審に回ることになっていた。

「さて、ご両人……」ラフリンがしわがれ声で言う。「この試合は、リーグ戦とは違い、ホームチームとビジターチームが前もって決められていません。私がこれから、この二十五セント硬貨をトスします。これが地面に落ちるまでの間に、そうですね……えー……マークスさん、あなたにお願いしましょう……あなたが、表か裏かを言ってください。一発勝負です。このトスの勝者がホームチームということになります。つまり、三塁側のダグアウトを使って、後攻。まず最初に守備をすることになるわけです。よろしいでしょうか？」

私たち二人が頷き、コインがトスされた。シッドが「裏！」と叫ぶ。

エンジェルズにもう一つの幸運がもたらされた。よし、後攻だ。ジョージ・ワシントンの見慣れた肖像が、私たちを見上げていた。

天使たちはすでに、自分たちが後攻となることを見通していたかのように、バットその他の用具類のほとんどを三塁側ダグアウトに持ち込んでいた。私がトスの後で、そのままそこにい続けていいと言うと、彼らはいっせいに歓声を上げ、その幸運を喜んでいた。

試合開始直前、投球練習中のトッドを除く全員がベンチに座った。私は立ち上がり、両手を尻のポケットに入れてベンチ前をゆっくりと歩きながら、彼らの一人一人に視線を送った。そして頃合いを見計らい、努めて微笑みながら話し始めた。

「さあみんな、いよいよだな。しかし、よくここまで来たよ。一人一人が、それぞれ重要な役割を果たして、このビッグゲームにたどり着いたんだ。お前たちの全員が、自分を誇りに思っていい。本当によくやった。それから、この試合に関して一つだけ言っておきたいことがある。この試合は確かにビッグゲームだ。でもお前たちには、この試合を心から楽しんでもらいたい。この試合はそもそも、そのためにあるんだ。ここに今日いられるということは、お前たちがシーズンを通して頑張ってきたことに対する、ご褒《ほう》美《び》なんだ……」私は続けた。

「ところで、ご褒美って何なんだ？　楽しむためのものさ。楽しめないご褒美なんて何の意味もないよな？　だから、このご褒美をたっぷりと楽しむとしよう。いいな？　今日の試合に勝とうが負けようが、太陽は明日もしっかりと昇る。お前たちの人生の一番いい時期は、まだまだ先の話なんだ。もちろん、勝つに越したことはない。でも、これは死ぬか生きるかの戦いなんかじゃないんだからな。忘れるなよ。これはただの野球なんだ。だから、今日は気楽に、楽しく過ごそうじゃないか。もちろん勝利を目指してだけどな。ティモシーがずーっと言い続けてきたことを忘れなければ、お前たちには、充分に勝てる力がある」

そこで私は、その小さな天使に視線を送った。

「ティモシー、もう一度みんなに例の言葉を聞かせてくれや」

彼は立ち上がり、握りしめた両手の拳を頭上に掲げて振りながら、大声を上げた。

「あきらめるな！　あきらめるな！　絶対、絶対、あきらめるな！」

次の瞬間、それは天使たち全員の合唱になっていた。

「あきらめるな！　あきらめるな！　絶対、絶対、あきらめるな！……」

主審が双方のダグアウトに手を振り、選手たちに、ホームプレートからファウルラインに沿って整列するよう促した。双方のダグアウトから選手たちが勢いよく飛び出し、すぐに天使たちは三塁線に沿って、ヤンキーズの面々は一塁線に沿って、どちらも一列にきちっと整列した。

スピーカーから流れ出る速いテンポの国歌演奏が、球場内に鳴り響く。ジョージ・マコードのタイミングは、常に完璧だ。

続いてトッドが、選手宣誓でみんなをリードすべく、ピッチャーマウンドに歩み寄る。今回は打ち合わせが行き届いており、開会式のときのような緊張はなさそうだ。しかも今回は、相手チームのエースピッチャー、グレン・ガーストンも一緒である。二人がマウンドに並んで立ち、選手宣誓をリードし、セレモニーは終了した。

主審がマスクを持った手を頭上に掲げる。天使たちがダグアウトから勢いよく飛び出し、「あきらめるな！　あきらめるな！」と口々に叫びながら、それぞれの守備位置に散っていった。

第四十四回ボーランド・リトルリーグの優勝決定戦が、間もなく始まろうとしていた。ビル・ウェストの提案で、私はトッドに、試合前の投球練習をいつもより十分以上長くやるよう指示していた。はたしてそれが功《こう》を奏《そう》したのか否かは、いまだに謎のままである。しかしながら、少なくとも、そのブロンドの長身投手がその日に投げ続けたストレートは、私が知る限りでは、それまでで最も速かった。

主審の「プレーボール」がコールされ、トッドが投球を開始する。よし、速い。これはいけるかもしれない。速球が冴えわたり、彼は二者連続三振で試合をスタートさせた。ところがどうしたことか、次のバッターを歩かせてしまった。前回の悪夢が脳裏をよぎる。

しかし、悪い予感というものは本当によく当たるものだ。トッドは、続くヤンキーズ一の強打者に、またもや強烈なライナーを左中間に運ばれた。試合開始早々、ツーアウトながらランナー二、三塁という大ピンチである。続くバッターは、五番のピッチャー、ガーストン。彼もまた好打者だ。

トッドはそのライバル投手を慎重に攻め、いつしかボールカウントはツーストライク・スリーボールになっていた。次のラストボール、トッドがインコースに投げ込んだストレートを、ガーストンが強振。カキーン！　ボールは快音を残し、一、二塁間を抜けていった。

二人のランナーが小躍りしてホームに戻ってくる。次の打者は打ち取ったが、私たちは初回から二点のハンディーを負わされることになってしまった。

一回の裏、私たちの攻撃は、トニー・ズーロが四球を選んで出塁したものの、ジャスティンとポールが当たり損ねの内野ゴロに倒れ、続くトッドも、ホームラン性の大きなファウルを二つ打った後で三振に倒れた。

二回のヤンキーズは三者凡退。一方、私たちは、タンクとチャールズ・バリオが四球で歩いてノーアウト、一、二塁としたが、後続の三人が凡退《ぼんたい》して結局は無得点。惜しいチャンスを逃してしまった。

私はビルとの打ち合わせどおり、三人の控え選手を三回の表から出場させた。クリス・ラングがトニー・ズーロに代わってセカンドに入り、ディック・アンドロスがボブ・マーフィーに代わってレフトに、ティモシー・ノーブルがジェフ・ガストンに代わってライトに入った。

時を同じくして、シッド・マークスも選手を代えてきた。彼の記録係とビルがホームプレート付近で落ち合い、互いに持ち寄ったメモを交換する。もちろんその内容は、バックネット裏にいた公式記録員に前もって報告されていた。

三回表、その回のヤンキーズの先頭打者が、トッドの速球を真芯で捕らえた。地を這うような打球が三塁線上を襲う……ベースの真上だ……二塁打は確実！……と誰もが思った瞬間、ポール・テイラーが横っ飛び……倒れながら伸ばしたバックハンドのグローブに、ボールがスッポリと収まっていた！

センセーショナル！　これぞ奇跡！　観衆は総立ちになり、その後、二人の審判がピッチャーマウンド前で両手を上げ、彼らを制するまで、少なくとも五分間は拍手喝采がなりやまなかった。それは、それまでに私があらゆる野球の中で見た、最も素晴らしいプレーの一つだった。

次のバッターを、トッドは三振に切って取った。そして、次に打席に立ったひょろ長い相手キャッチャーが高々と打ち上げたセンターフライを、チャールズ・バリオが難なくキャッチし、ヤンキーズの三回の攻撃が終了した。

決定戦のプレッシャーがのし掛かっていたにもかかわらず、両チームとも、そこまでエラーは一つもなかった。スコアは二対〇。私たちは二点のリードを許したまま、三回裏の攻撃を開始した。

三塁ベース脇のコーチャーズボックスに立ちながら、私は少し焦り始めていた。敵のエース、ガーストンは素晴らしい投球を続けている。付け入る隙が全くない。疲れた様子もなさそうだ。何らかの手を打たなくては。

その回の先頭打者は、クリス・ラングだった。私を見ながら打席に向かうクリスに、私はセフティーバントのサインを出した。彼は一球目を見送った。主審のコールはストライク。そして二球目、彼はほぼ完璧に近いバントを三塁側に転がし、一目散に一塁に走った。どうだ……アウト！ 残念ながら、わずか半歩及ばなかった。

次のバッターは、ジャスティン・ニュアンバーグ。私は彼にもバントのサインを出したい気分だったが、出さなかった。彼の打球は、ピッチャー左へのボテボテのゴロ。もしかしたら内野安打か……ガーストンが軽快に動き、一塁に矢のような送球……アウト！ またもや半歩及ばなかった。

次のポール・テイラーが、私をじっと見ながら打席に向かう。しかし私は、何もサインを送らなかった。つまり、自由に打てということである。それは極めて正解だった。彼はなんと、ガーストンが投じた二球目の内角速球をジャストミートし、レフトフェンスのはるか外側へと弾き返したのである！

ホームラン！ よし、これであと一点だ。次のバッターのトッドもセンターに大飛球を放ったが、惜しくも距離が足りず、フェンス直前でキャッチされた。試合はヤンキーズが二対一とリードして四回に入った。

トッドの投球に、よりいっそう気合いが入ってきた。ここにきてさらに球速が増したようにさえ思える。ヤンキーズの打者はボールを外野に飛ばすことさえできず、彼らの四回表の攻撃は、簡単に三人で終了した。

「キンブル、バリオ、それからアンドロス！……」天使たちがベンチに戻ってくるや、その回の最初のバッター三人の名前を、ビルが大声で口にした。「さあみんな、気合いを入れていこうぜ！　この回だ！　ビッグイニングにするぞ！」彼はさらにそう叫びながら、天使たちの頭をポンポンと叩いて回っていた。

「あきらめるな！　あきらめるな！……」ティモシーが叫ぶ。またもや、全員による「あきらめるな！」の大合唱がその後に続いた。

四回裏の先頭打者、タンクが、フォアボールを選んで塁に出た。それがタンク以外の選手であれば、絶対にバントという場面である。しかし、その大男はあまりにも足が遅い。そこで私は、チャールズ・バリオに自由に打たせることにした。

カキーン！　チャールズのバットが快音を響かせた。しかし次の瞬間、私は目を覆っていた。当たりは完璧だったが、飛んだところがまずかった。ショート真正面に地を這うようなゴロが飛び、六・四・三[※10]の絵に描いたようなダブルプレーが完成。一気にツー

※10　六・四・三＝ショート・セカンド・ファースト

アウトを取られてしまった。

次のディック・アンドロスは空振りの三振に倒れ、私たちはなおも一点をリードされたまま、五インニング目を迎えることになった。

ヤンキーズの先頭打者がバット選びに手間取っている間に、三塁コーチャーズボックスに入っていたシッドが、私に声を掛けてきた。

「なあ、ジョン！　こんないい試合は、めったにあるもんじゃない。そう思うだろ？　たいした子供たちだよ！　うちも、おたくも！」

私はニコッと笑って大きく頷いた。

ヤンキーズの先頭打者はバントを試みた。しかし打ち上げてしまい、トッドが難なくキャッチした。次のバッターは左打ちで、背は低いが、いかにもパワーがありそうな体格をしていた。一塁を守っている選手だ。ストライクを二球見逃した後の三球目、彼はトッドの内角速球を見事に捕らえた。

ボールが強烈なライナーとなって、ライトのティモシー目掛けて飛んでいく！

「おい、やめてくれよ！」ビルの叫び声が聞こえてきた。

しかしティモシーは慌てなかった。打球は、まさしく彼の真正面に飛んでいった。グローブを目線の少し下に構え、右足をやや後ろにずらして体勢を固める。次の瞬間、彼の新しいグローブとボールの小気味良い衝突音が、球場内にこだました。固唾《かたず》を飲んで成り行きを見守っていた観衆が、いっせいに立ち上がり、打球がライトに向かった瞬間からシーンと静まり返っていた球場を、拍手と喝采で一杯にした。ティモシーは一塁のニュアンバーグに素早くボールを返すと、満面の笑みと大げさなお辞儀で観客にこたえていた。

次のヤンキーズのバッターは三球三振。試合は五回裏のエンジェルズの攻撃へと移行した。「ロジャーズ、ノーブル、ラング！」ビルがまたもや、その回の最初の打者三名を大声で名指しする。

グレン・ガーストンはまだまだ元気で、スピード、コントロールともに全く衰えた様子を見せていない。これは打てそうもない。しかし、われらがベン・ロジャーズは、そんな私の予想を見事に覆した。ツーストライク・ツーボールまで粘った後で、ど真ん中の速球を完璧に弾き返し、左中間を深々と破る三塁打を放ったのである！

しかしあれは、実にスリルにあふれたプレーだった。ベンが二塁ベースに差し掛かった頃には、すでに相手のセンターがボールを握っており、タイミングが際どいものになることは分かっていた。しかし私は、右手を大きく回して三塁への突進を促し、息を殺して結果を見守ったものだ。転送されてきたボールをつかんだ三塁手が素早くタッチを試みるも、きれいなフックスライディングで伸びてきたベンの足は、それをかわして、ほんの一瞬早くベースに触れていた。セーフ！

そのプレーに対する観衆の拍手、歓声、口笛が続いている中、ティモシーがゆっくりと打席に向かった。同点のランナーを、わずか十八メートル手前に置いてである！

その小さな選手は、打席の手前で一度立ち止まり、かがみ込んで砂をすくい上げた。続いて彼は、両手のひらを念入りにこすり合わせてからゆっくりと振り返り、私をじっと見つめてきた。私のサインは、「打て」だった。彼は頷いた。

ティモシーはゆっくりとバッターボックスに入り、ズボンをたくし上げた。帽子のひさしをぐっと引き、足場を固める。

実はそのとき、ビルと私は、自分たちの選手時代も含めて、それまでに一度も見たことのない光景を目の当たりにしていた。ベンチにいた天使たちの全員が立ち上がり、ダグアウト前の低いフェンスに肘をかけ、前かがみになって、ティモシーをじっと見つめていたのだ。誰もが何も言わずにである！

彼らはまるで、全員で祈りを唱えているかのようだった。完璧な沈黙、完璧な静寂が、ベンチを包んでいた。

それにつられるかのように、観客席も突然シーンと静まり返った。野球場としては、極めて異常な静けさだ。あまりにも静かなために、はるか遠方のコンコードを走り抜ける列車の汽笛の音さえ聞こえてきそうなほどだった。

ティモシーがゆっくりとバットを動かし、スイングの軌道を確かめる。ガーストンが三塁ベース上のベンをチラッと見てから、大きく振りかぶる。ティモシーが身構える。

ガーストンが一球目を投げ込む！

なんだ？　ハエの止まりそうなスローボールだった。ティモシーが打席を外して苦笑する。主審のコールはボールだった。

ティモシーが打席に戻り、二球目に備える。ガーストンが投げ込む。ティモシーが見送る……ストライク！　渾身の力を込めたストレートだった。次も直球で、ど真ん中。ティモシーはそれも見送り、ボールカウントは、ツーストライク・ワンボール。

私はチラッと振り返って、ノーブル夫人と老医師の様子をうかがった。二人とも膝に手を乗せ、そこに視線を落としている。おそらく二人とも、ホームプレート上でこれから発生することを、見るに忍びない、という思いなのだろう。

次の投球は、またもや超スローボールで、ティモシーはそれを余裕を持って見逃した。これでツーストライク・ツーボール。

ティモシーはそこでまた打席を外し、一呼吸置いてからゆっくりと打席に戻った。バットの先でホームプレートを軽く叩き、構えに入る。さあ勝負だ。

ガーストンが大きく振りかぶり、ボールを投げ下ろす……ストレートだ……速い……

しかし、ベルトの高さ、ど真ん中だ。ティモシーが滑らかにスイングする。

当たった！　しかも芯で捕らえている！

ティモシーの打球はピッチャーと一塁手の中間あたりで強くバウンドし、芝のない一、二塁間の走路《そうろ》上に落ちてから、必死に手を伸ばしてキャッチしようとする一塁手と二塁手の間を抜け、徐々にスピードを落としながら外野へと転がっていった。

三塁にいたベン・ロジャーズが、ゆうゆうと同点のホームを踏む。ティモシーは誇らしげに、両足で一塁ベース上に立っていた！　帽子を頭上に高々と掲げながら、そのときに彼が見せていたあのくったくのない笑顔を、私は永遠に忘れない。

彼は私に元気に手を振ってから、他のすべての観衆と一緒に立ち上がって拍手を送っていた母親とメッセンジャー医師にも、同じように、本当にうれしそうに手を振っていた。よかった。本当によかった。

さあ、ティモシーの初ヒットで、ついに私たちは同点に追いついた。勢いはもう完全にわがチームにある。しかも打順はトップに戻り、まだノーアウトだ。

シッド・マークスがタイムをかけ、マウンド上のグレンのもとにゆっくりと向かう。

内野陣もマウンドに集合し、作戦会議が始まった。

その間に私は、三塁コーチャーズボックスを離れてベンチに向かった。打席に入りかけていたクリス・ラングが走ってきて、すでに私を取り巻いていたニュアンバーグ、テイラー、スティーブンソンに合流する。

「さてと……」私は言った。「いい場面になったじゃないか。いいかい、楽に行くんだ。これまでやり続けてきたことをやるだけでいい。そうすれば、優勝はきっとお前たちのものになる。何かが俺にそう言ってるんだ。これでもし優勝したら、お父さん、お母さんに掛け合ってやるよ。残りの夏休み中、お前たちを手伝いから解放してくれってね。芝刈りからも、庭の雑草取りからも……どうだい、悪くないだろ?」

彼らは元気に頷き、微笑んだ。

「さて、皆さん、もういいでしょう! 試合進行にご協力を!」主審が叫んだ。シッドがガーストンの背中をポンと叩き、ダグアウトに向かう。クリス・ラングがゆっくりと打席に入る。主審がフェースマスクを下ろして「プレーボール!」とコールし、試合再開。

ラングは一球目から積極的に振りにいき、しっかりとボールを捕らえたが、少々上がり過ぎだった。レフトが少しバックして、ていねいにそのボールをキャッチする。われらが勝ち越しランナーのティモシーは、一塁ベースに釘付けだった。しかしまだアウトは一つ。まだまだこれからだ。

続くジャスティン・ニュアンバーグは、明らかに力みすぎだった。彼は一球目、二球目とも、ショートバウンドしそうなボールを振りにいき、連続空振り。しかしそれで硬さが取れたのか、次の投球は、顎あたりの高さに来た完全なボール球だったが、それを上からコツンと叩き、ライト前へのクリーンヒット。ティモシーが二塁に進み、ワンアウト、ランナー一、二塁。チャンスは大きく膨らんだ。

続くは三番のポール・テイラー。いやが上にも期待が高まる。彼は慎重にボールを見極め、カウントをツーストライク・スリーボールまで持っていった。そして、ガーストンが投げた次の外角速球をジャストミート！　一、二塁間に痛烈なゴロが飛ぶ！……が、相手のセカンドがそれを好捕。惜しくもタイムリーヒットにはならなかった。

ただし、その間に二人の走者はそれぞれ進塁し、ツーアウトながらランナー二、三塁。しかも、迎えるバッターは、われらが頼れる四番、トッド・スティーブンソンである。チャンスはさらに膨らんだ。

トッドは、一球目、二球目と強振したが、ボールにかすりもしなかった。しかし、そこでバッティングを変えられるところが、彼の並外れたところである。彼はそこで打席を外し、何度か大きく息を吸ってから、再びガーストンを睨みつけた。

ガーストンが渾身の力を込めて速球を投げ込む。トッドがそのボールに軽くバットを合わせる。打球が二塁手の頭上を越え、芝生に弾む！　相手外野手が猛烈に前進してきてボールを捕るも、ティモシーは悠々とホームイン！　ついに勝ち越し！

ジャスティンも楽々と三塁に進み、ベンチ内はもう優勝したような大騒ぎだった。次のタンクはライトフライに終わり、追加点はならなかった。しかし、その試合で私たちは初めてリードを奪った。アウトをあと三つ取れば、リーグ優勝である！

しかし、あのティモシーが同点打を放った上に、勝ち越しのホームまで踏むなどということを、いったい誰が予想できただろう。

天使たちが最終回の守備に散ったとき、私はトッドと一緒にマウンドに向かった。

「腕の調子はどうだい、ヒーロー」心配していないふうを装いながら、私は言った。

額の汗をぬぐいながら彼は笑顔で頷いた。

「大丈夫です」

そこで私は、彼の右肩をさすりながら、こう言った。

「そうか。するとこの中に、残り三つのアウトがしっかりと入っているわけだな？」

彼はまた頷いた。しかし今回は笑みがない。

「大丈夫です。本当に大丈夫ですから」

トッドは、ヤンキーズの先頭打者にツー・スリーまで粘られはしたが、最終的には高々と上がるレフトフライに打ち取り、まずは最初の関門を乗り切った。ワンアウト！

しかし、疲れが出たのか、次のバッターには全くストライクが入らず、ストレートのフォアボール。がんばれ、がんばれ、トッド！

トッドが気を取り直して次のバッターに立ち向かう。うん、持ち直したようだ。さあ、がんばれ……よし！　相手打者のバットが空を切り、ツーアウト！　リーグ優勝まで、あとワンアウトだ。しかし、これで敵の打順は一番に戻る。浮かれてはいられない。

ヤンキーズの一番打者は、さすがにしつこかった。レフト線にいい当たりのファウルを四本も続け、結局はトッドから価値あるフォアボールをもぎ取っていった。さあ、大変だ。ツーアウトながら、ランナー一、二塁。二塁ランナーがかえれば同点、一塁ランナーがかえれば逆転である！

私の右隣に座っていたビル・ウェストが、顎でトッドを指しながら言ってきた。

「なあ、監督さんよ。少しおしゃべりでもしてきたほうがいいんじゃないか？」

私はさっと立ち上がり、「タイム！」と叫んで、ゆっくりとピッチャーマウンドに歩いていった。トッドはホームプレートに背を向け、グローブで右の太股を小刻みに叩きながら、地面を見すえていた。

「よう、気分はどうだい」

「オーケーです。大丈夫です」

「少し疲れたんじゃないか？」

「いや、大丈夫です。本当に大丈夫です」

「次のバッターはかなり棒扱いがうまいけど、まだ打ち取る元気は残ってるか？」

彼は頷いただけだった。私は彼の肩を叩き、ダグアウトに戻った。

さあ、試合再開。トッドがゴムのプレートに足をかけ、二塁ランナーをチラッと見る。そして次の瞬間、いつもの大きく振りかぶる動作を省略して、いきなりホームにボールを投げ込んだ。

「ストライーク、ワン！」ベルトの高さ、ベースのど真ん中を通過する速球だった。

タンクが立ち上がり、キャッチャーミットからボールをつまみ出し、それを頭上で二、三度振ってから、ゆっくりとトッドに返球する。

トッドの顔には悲壮感《ひそうかん》さえ漂っていた。彼はボールを受け取るや、間髪を置かずに右足をプレートに乗せ、やはり全く振りかぶることなく、すぐに左足を踏み出して二球目を投げ込んだ。

「ストライーク、ツー！」

またもやど真ん中の直球である。それには、相手バッターのみならず、タンクまでが驚きを隠さなかった。ビルが笑いながら私を見た。「トッドが何をしてるか、分かるか？　ジョン。あいつ、お前にいつ代えられるかとヒヤヒヤしてるのさ。だからとにかく、目の前のバッターを早くアウトにしたい。それで考えついたのが、相手に考える余裕を与えないという作戦なわけさ。次どうするか、見ものだな」

トッドの意図を同じように察知したタンクは、今度は腰を下ろして捕球体勢を整えてから、ボールを投げ返した。トッドは私たちの予想どおりに速やかに投球動作に入り、またもやど真ん中に速球を投げ込んだ。

「ストライーク、スリー！」

優勝！　天使たち全員が大騒ぎでピッチャーマウンドに走り寄る。総立ちで拍手喝采を送る観衆が見守る中、間もなく天使たちは、トッドをかつぎ上げ、そのまま十二人がひとかたまりになってダイヤモンド内を行進し始めた。

その聖者ならぬ天使たちの行進が、三塁ベース付近に差し掛かったときのことである。突然、もう一人の天使がかつぎ上げられた。ティモシーだ！　チームメイトたちに軽々と持ち上げられたその小さな天使は、頭上に掲げて握りしめた両手の拳を、夢中になって振り続けていた。

観衆の拍手、喝采、口笛、指笛はとどまることを知らず、ダイヤモンドを一周し終えた天使たちが、ホームプレート付近で二人のヒーローを地上に降ろした後も、しばらくの間続いていた。

やがて両チームの選手たちが整列し、表彰式が始まった。スピーカーから流れ出る『見果てぬ夢』をバックに、最初にヤンキーズが、続いてエンジェルズが、ボーランド・リトルリーグ会長のスチュアート・ランドから一人一人トロフィーを手渡された。

スチュアートは私にも祝福の言葉を述べ、握手を求めてきたが、そのとき私は、球場に流れていた曲を最後に聞いたときのことを思い出していた。あのとき私は、ボーランド中央広場の野外ステージの上で、サリーとリックと私を歓迎して集まってくれた人たちに、感謝の言葉を述べようとしていた。

グランドからもスタンドからもほとんどの人影が消え、私が最後の帰り支度をしていると、一度グランドを後にしたはずのティモシーが走り寄ってきた。手にはまだトロフィーを持っている。

「監督、ありがとうございました。自転車も、グローブも、それから特別に教えてくれたり、他にもいろいろ、本当に、本当に、ありがとうございました」

私は両手を伸ばして彼を持ち上げ、その小さな胸に思わず自分の顔を押し当てた。

こんなことしなければよかった……そう思ったが、もう後の祭りだった。私はほとんどすすり泣いていた。

「俺に感謝する必要なんかないよ、ティモシー。俺のほうこそ、お前に感謝しなくちゃ。ありがとう、ティモシー。お前は俺に、俺がお前にしたことの何倍ものことをしてくれたよ……」

「僕が……ですか？」

「ああ……そうなんだ、ティモシー。ありがとう。大好きだよ、ティモシー」

「僕も監督のことが大好き……」そう言って彼はトロフィーをかざした。

「うれしいなあ。僕、本当にチャンピオンになったんですよね？」

私は彼の頬にキスをして、彼を地面に下ろした。

「お前は、ずーっとチャンピオンだったよ、ティモシー。ずーっとだ……」

14 ずっと前から知っていた……… he knew it

その土曜日の夜、私はまだ勝利の興奮から抜けきっていなかったが、枕に頭を沈めたとたんに眠りに落ち、次の日の朝は、夜明け直後に目を覚ました。

さて、どうしよう。予定は何もない。そうだ、そうしなきゃ……。

私はすぐに起き上がり、シャワーを浴び髭を剃った。続いて身支度を整え、軽い朝食を取り、ガレージに向かって車に乗り込む。行き先はメイプルウッド墓地だった。

狭い脇道に車を止め、私は墓地内に足を踏み入れた。サリーとリックの墓は、そこからほんの少し歩いたところにある。彼らの休息の地は、刈り揃えられたばかりの新しい芝生で覆われていた。うん、どうやらしっかりと根付いているようだ。

すぐ横には、土がむき出しになった細い長方形の区域があり、しおれた花輪と花かごが放置されていた。私は芝生に腰を下ろしてゆったりとあぐらをかき、軽く握った両手を膝の上に乗せた。

もし誰かがそのときの私を見たとしたら、まるでどこかの父親が公園に座り、ピクニック用バスケットから飲み物やサンドイッチが出てくるのを、静かに待っているときのような姿に見えただろう。

しかし、まだ早朝と言っていい時間帯だった。そのときそこにいたのはたぶん私一人だった。聞こえてくるのは、近くの古い楓の木でさえずるシジュウカラの声だけだった。私は目をつぶり、母から遠い昔に教わった祈りの言葉に思いを馳せ、それを何度もつかえながら静かに唱え続けた。

間もなく私は、この上なく穏やかなフィーリングに包まれ、かつての幸せなひとときを思い起こしていた。私が仕事を終え、ほとんど切れそうになった神経とともに夜遅く家に戻ると、サリーはいつも、私を居間の長椅子に横たわらせ、彼女の膝の上に乗った私の頭を優しく撫で続けてくれたものだった。

なおも目を閉じたままで、いつしか私はサリーに話し掛けていた。

「サリー、来るのが遅くなって悪かったな。分かってくれているとは思うけど、ここに来るのが恐かったんだ。お前たちがここにいるという現実を受け入れることができなくてね。でも、もう大丈夫。自分を哀れに思うことは、もうやめにするよ。そしてもう一度、周りの世界としっかりと関わろうと思う。三人にとって大きな意味を持つものになるはずだった、あのコンコードの会社も含めてね。たぶんお前たちとの思い出が、これからの人生を生きていく上で何よりの支えになると思う。二人とも、パパのために祈ってくれよな。もうすぐ、ありとあらゆる支えが必要になりそうなんでね。頼むよ」

そう言って私は、ゆっくりと立ち上がった。

「さて、また来るよ。それじゃな……おっと、そうだ。忘れるところだった。謝らなきゃならないことが、もう一つあったよ。墓石の手配がまだなんだ。頼むから愛想を尽かさないでくれよな。明日、必ず手配するから。約束する」


月曜日の朝、私は二本の電話を掛け、朝食もそこそこに外出した。

私が最初に向かったのは、コンコードの墓石会社だった。そこで私は、辛抱強いセールスレディーとの二時間を超すやりとりの末に、結局は、赤い御影石製の極めてシンプルな墓石を注文して、出来上がりを待つことにした。

次の訪問先はミレニアム社だった。同社の役員用レストランで、私の代わりにミレニアム社を切り盛りしてくれていたラルフ・マンソンと、昼食をともにするためにである。ラルフは私が最も信頼していた仕事仲間で、彼にだけは、私が会社に戻るつもりであることをすでに伝えていた。

その昼食には、私のとっさの誘いで、経理担当重役のラリー・ステファンソン他三名の重役も同席したが、彼らも私の復帰を心から喜んでくれた。

ラルフの精力的な協力と重役たちとの度重なるミーティングの後で、私がミレニアム・ユナイテッド社の操縦席に戻ったのは、レーバー・デーの次の日のことだった。

ただし私のその復帰は、会社側からすると、決して最高のタイミングではなかったようだ。当時ミレニアム社は、新作ワープロソフト「コンコード２０００」の発表を間近に控え、その準備で大わらわだったからである。私がミレニアム社と関わりを持つ以前から、同社の優れた技術陣が精魂《せいこん》傾けて開発に当たってきた商品だった。

結局、私のせいで何人かの人たちは、少しの間、よりハードに、より長時間にわたって働かざるを得なくなったわけだが、人の情けとはうれしいものである。その間、それらの人たちの誰もが、少なくとも私の前では、不平を言わないばかりか、常に笑みを絶やさないでいてくれた。

特にラルフには、いくら感謝しても感謝しきれない。彼は、秘書のベティー・アントンを手放すことまでしてくれた。ベティーは、私がミレニアム社を引き受ける以前から長年にわたって私の秘書をしてくれていた女性で、私にとっては、仕事面における、かけがえのないパートナーだった。私がミレニアム社を離れて以来、彼女はラルフの秘書となり、彼にとっても、かけがえのないパートナーであり続けていた。

私はベティーのおかげで、復帰後二、三週間の修羅場《しゅらば》をどうにか乗り切れた。仕事時間の長さは苦にならなかった。早く家に帰ったところで、どうせ待っている人間はいないのだ。ラスベガスのソフトウェア見本市で「コンコード2000」をお披露目した十一月初旬までの間、おそらく土曜日も含めて、一日平均十五時間は働いただろう。

ちなみに、その新作ワープロソフトは、市場への鮮烈なデビューを飾ることになり、私はそのプロジェクトの功労者全員に、充分な昇進と昇給を約束した。特にラルフには、新たにCOO（最高業務執行責任者）という地位を設け、それを与えることにした。

その日も私は、忙しいスケジュールをこなし、夜の九時過ぎに帰宅した。郵便箱から手紙類を取り出し、ガレージまでの緩い坂を登り、車を駐車して家に入り、キッチンで紅茶を入れる。カップとアタッシュケース、そして手紙類を抱えて書斎に入り、椅子に座って紅茶をすすりながら、手紙類と会社から持ち帰った書類にざっと目を通し、留守電をチェックする。

さて、今日は誰からの電話だろう。赤く点滅していた留守録のボタンを押すと、メッセンジャー医師の聞き慣れた声が聞こえてきた。

「ハーディングさん、医者のメッセンジャーです。いや、あなたを捕まえるのは本当に難しい。もう一週間も掛け続けているんですが、いつもいらっしゃらない。告白しますが、私は留守電というのが苦手でして、切り替わる前にいつも受話器を置いてしまうんです。こういう最近の発明品にはどうも馴染めない。怖じ気づいてしまうんですね。

でも、いつまでもそんなことを言っていては、永遠にあなたとお話ができないと思いまして、今日は思い切って、相手のいない電話に話すことにしました。今ちょうど、午後の七時を回ったばかりですが、ご帰宅になった後で何時でもかまいません。今晩のうちに、必ず電話をいただけませんでしょうか。とても大切な話があるんです。こちらの番号は、二二三の四五七五です。それでは、どうかよろしく」

何時でもかまわない？　今晩のうちに必ず？　それで掛けない人間はどうかしている。

メモした番号をダイヤルすると、彼はベル一つで電話に出た。

「先生、ジョン・ハーディングです。今戻ってきまして、あなたからのメッセージを聞いたところなんですが」

「さっそくのお電話、ありがとうございます。実は一つお願いがあるんですが、よろしいでしょうか？」

「ええ、もちろんです」

「あなたが今日も、長い、大変な一日を過ごしてこられたことは重々承知しています。

それを承知でお伺いしますが、今晩は何時頃まで起きておられるんでしょうか?」

「あと一時間かそこらは起きていると思いますけど?……」

「ハーディングさん、ここからそこまで、十分もあれば行けると思うんです。できればこれからおじゃましまして、ある大切なことをお話ししたいんですが、いかがなものでしょう。それほど時間はかかりません」

私の答えは決まっていたが、頭の中をいろんな思いが駆けめぐり、受話器の向こうで聞き耳を立てていた彼を、十秒近く待たせてしまった。

「あっ、すみません。もちろんです。ぜひ、いらしてください。外側の明かりをつけて、お待ちしています」

次の瞬間、彼は電話を切っていた。「ありがとうございます」も「それじゃ」も言わずにである。玄関のチャイムはまだ直っていなかった。私は居間に行き、カーテンを開いて彼の到着を待つことにした。

車のヘッドライトが見えてきた。着いたようだ。私は玄関に向かい、彼がチャイムのボタンを押そうとするはるか前に扉を開け、声を掛けた。

「ようこそ、先生。どうぞ、お入りになってください」

「どうも、ハーディングさん。またお会いできて光栄です」

「ジョンと呼んでくださいよ、先生。それから敬語はもうやめてください。お願いします」

彼はニコッと笑って頷いた。「ミレニアム社はいかがです？　順調なんでしょうか？」

「また、そんな言葉遣いをなさって……もう、これが最後ですよ」

「分かった。それじゃ、そうさせてもらうよ」

「ええ、お願いします。そうですね……今のご質問ですが……正直言ってよく分かりません。あまりにも図体《ずうたい》がでかいものですから、すべての部分を健康な状態に保つことはほとんど不可能に近いんです。もちろんこれは、うちの会社だけではなく、ジェネラルモーターズやＩＢＭその他の巨大企業、すべてに言えることです。自然はこのことを、もう何世紀にもわたって教え続けているように思うんですけどね。たとえば人間だって、体が大きければいいというものではありませんよね？　身長が二メートル五十センチもある人間の多くは、その体を完全に持て余しています。中には、自分で服を着れなかったり、一人では食事もできないという人だっているわけです。要するにサイズというものは、少なくとも長期的に見た場合、競争力、あるいは成功とは、ほとんど無関係なんじゃないでしょうかね」

老医師は、玄関から書斎までの通路を私と一緒に歩きながら、ずっと頷き続けていた。

書斎に入った彼は、部屋中を感心したように見回し、何かを言い出しそうになったが、とっさに機転を利かし、言葉を飲み込んだようだった。おそらく、サリーの趣味の良さを褒めることには、私を悲しませるだけの効果しかないという判断に至ったのだろう。

私は彼に飲み物を勧めたが、彼は首を振った。私たちは暗闇に沈む裏庭に顔を向けていた長椅子に、一緒に腰を下ろした。雑談は、そこに着くまでの間にすでに終了していた。しかし彼は、使い古したトレードマークの帽子をもてあそんでいるだけで、なかなか話を始めない。私は、「ここは沈黙こそが知恵である」と自覚していた。

やがて老医師は、上体を前に倒し、両肘を膝に乗せた。彼の視線は、両手でわしづかみにしている帽子に向けられている。おそらく五、六分はあったであろう長い沈黙の後で、相変わらず帽子を見つめたまま彼は口を開いた。いつもより心なしか、かすれた声だった。

「ジョン、悲しい報せなんだ。深い悲しみを味わったばかりの君に、追い打ちを掛けるようでつらいんだが……実はね、ジョン、察しているとは思うけど、ティモシーのことなんだよ。知ってのとおり、私は医者として、ティモシーと彼の母親を、彼らがボーランドにやってきて以来……彼の父親が暖かいところに逃げていってからは特に……ずっと気に掛けてきた。ティモシーは最初、母親に連れられて、足元がふらつくということと、物が重なって見えるということで、私のところにやってきたんだ。別の言い方をすると、平衡失調《へいこうしっちょう》と複視《ふくし》という問題を抱えてね。

それで私は、あの子を二度にわたって検査したんだが、その結果分かったことは、私の診療所にある検査機器では、どんな結論も出せないということだけだった。そこで私は、母親の承諾を得て、あの子をダートマス大学のヒチコック・メディカルセンターに送ったんだ。そこにいる私の優秀な仲間たちのところにね。それで彼らは、最新のあらゆる検査機器を使って、あの子を徹底的に検査した……」

そこで老医師は立ち上がり、私に背中を向けた。すでに私は耐え難い気持ちになっていた。もう聞きたくない！　できることなら、今すぐこの部屋から飛び出したい！

「それでねジョン、彼らはその長い検査の果てに、ティモシーの脳腫瘍《のうしゅよう》を発見したんだよ。それから、それが普通とは違う場所にあるために、手術して取り除くことが不可能だということもね。医者の間では髄芽腫《ずいがしゅ》という名で知られている、忌まわしい病気なんだ。それで私は化学療法で何とかと考えたんだが、私なんかよりもずっと頭のいい連中が、腫瘍のできている場所が場所だけに、何をしたところで、腫瘍をなくすことはもちろんのこと、小さくすることもできなければ、大きくなるのを防ぐことさえできない……そう言うんだ。

それで最終的に、彼の母親が、私との度重なる話し合いの末に決めたんだ……ティモシーに普通の生活をさせ続けるということをね。同じ年頃の他の子供たちと同じようにして、可能な限り生きさせたい……それが彼女の願いだった。それはティモシーをとても喜ばせた。ただしあの子は、一つだけ条件をつけてきた。私と母親が、病気のことを誰にも言わない、という条件をね。彼はこう言ったんだ。誰にも知られたくない……特に学校の友だちには絶対に知られたくない……もうすぐ死ぬんだということで、友だちに同情されたり、特別扱いされたりは絶対したくない……他のあらゆる十一歳と同じように扱われたい……」

私は彼の話をしっかりと聞いていた。その老医師がそれまでに話したことのすべてを、明確に理解していた。しかし私は、いやだった。信じたくなかった。嘘だ。何かの間違いだ！

「先生、あなたは今、私に、ティモシーが自分の運命を前々から知っていた……自分がもうすぐ死ぬんだということを、ずっと前から知っていた……そうおっしゃったんでしょうか？」

「ああ、彼は知っていたんだ。しかしあの子の母親ペギーは、とても気丈な、本当に強い人だね。さっきも言ったけど、彼女は私と何度も話し合った後で、ティモシーには知る権利がある……そう結論を出したんだ。あの晩のことはよく覚えてるよ。彼女はこう言ったんだ……涙をボロボロ流しながらね……あの子が十一歳か十二歳までしか生きられないということをもし神が決めたんだとしたら、私にできるせめてものことは、彼に本当のことを教えて、神から授かった残りの一日一日を、彼が自分で生きたいように生きられるよう、精一杯手助けしてあげること……それだけです……」

「でも、先生！……」思わず声を荒げたことに気づいて、私は謝った。

「先生……」私は言い直した。「この夏の野球シーズンを通してあなたもごらんになったとおり、あの子は必死でプレーを続けました。もっとうまくなろうとして、いつも精一杯努力していました。それに、いつもチームメイトたちを必死に応援してもいました……毎日、毎日、あらゆる面で……あきらめるな、絶対、絶対、あきらめるな……そうでしたよね？　エンジェルズというチームにとって、彼がどんなにかけがえのない存在であったことか……もう一度お伺いします。あなたは今、こうおっしゃっているんでしょうか？　あの子は……あのちっちゃな子は……あれほどの熱意と頑張りと声と笑顔で、いつも精一杯のプレーをし、いつも他の子供たちを励ましていました。それをあの子は、自分がもうすぐ……自分がもうすぐ死ぬんだということを……それを知った上でやっていた？……そんなばかな！」

老医師は床に目を落としたまま、静かに頷いた。

「彼に野球なんかやらせて、よかったんでしょうか」私は尋ねた。

「私は、彼にとっていいことだと判断した。彼が野球をやりたいと言ってきたときには母親もそばにいてね、正直、私も一瞬迷ってしまった。でもすぐに、野球をやったからといって、それが原因で痛みが増すということはあり得ないし、それによってかえって、体を動かすことのできる期間を伸ばすことができるかもしれない……そう考えたんだ。もちろん野球に熱中している間は、病気のことを考えなくてもすむわけだしね」

「それで彼は今、どんな様子なんです？　もう三ヶ月以上も会ってないんですけど」

「近頃は、笑顔を作るのも大変になってきたようだね……頑張って笑顔を見せようとはしているんだが……今の彼は、常に痛みがあるという状態なんだ。一人で体のバランスを取ることはもうできない。だから、移動は車椅子が頼りなんだ。もっともあのちっちゃな家だから、移動しなくちゃならない距離はたかが知れてはいるけどね」

「母親はどんな様子です？」

「仕事をやめて、彼のそばにずっといる。彼の学校から、教科書その他のあらゆる教材が届いてはいるんだが、そんなものは自分には扱いきれないということで、彼女はもっぱら、彼に食べさせて、彼をきれいにして、彼の話し相手になる、ということに専念しているよ。それから、彼女から今朝聞いたんだけど、彼は最近、眠っている時間が長くなってきたようだね。起きているときには、あまり長くは続かないらしいが、本を読もうとしたり、テレビを見ようとしたりしているらしい」

「仕事をやめて、あの二人はどうやって食べているんです？　お金はあるんでしょうか？」

彼は首を振った。相変わらず目は下を見ている。

「いや、蓄えは全くない。わずかばかりだが、私が援助しているんだ。まあ、この歳になると、食べさせてやらなきゃいけない人間も周りにはいないし、お金の使い道もそうないんでね」

そう言うと彼は、再び長椅子に腰を下ろした。先ほど座っていたときよりも、ずいぶん私に近づいている。私は自分の右手を伸ばして彼の肩にそっと置いた。

「入院はどうなんです？　入院したほうがいいということは、ないんでしょうか？」

「いや、入院しても同じことだと思う。少なくとも、現時点の医学ではね。だから彼にとっては、自分の家の自分のベッドにいたほうが、かえっていいくらいなんだ。私はそう思う。特別な施設でどんなに最先端の医療を施されたとしても、病状が家にいるときよりも良くなるということは、まずあり得ない。ペギーが団体健康保険に入っていない、ということもあるしね。今のままで、できるだけ快適に、できるだけ長く生きさせてあげたい……それだけだよ、今の私の願いは」

「先生、私にできることを教えてください。何でもします」

老医師は微かな笑みを浮かべ、久しぶりに私の目をじっと見た。

「きっとそう言ってくれると思っていたよ。君が彼のためにできる一番いいことはね、ジョン、彼に会いにいくことさ。あの子はいまだに、あの初めてのヒットのことと、監督がどうやってバットの持ち方や振り方を教えてくれたかということを、私とペギーに話し続けているんだ。彼が毎晩、何を抱いて眠っているか分かるかい？」

「何なんです？」

「君があの子にあげた、野球のグローブだよ」


次の日の朝、私はベティーに電話を入れた。

「やあ、ベティー。急用ができてね。どうしてもはずせない用事なんだ。いつもより二、三時間遅く着くことになると思うけど、よろしく頼むよ」

『マックワールド』誌の編集者たちと昼食を共にすることになっているので、正午までには必ず出社してくれと念を押してから、「それまでは、砦《とりで》を死守しております」と言って、彼女は電話を切った。

私は家を出てまず銀行に行き、千ドルを引き出した。スチュアート・ランドが私に気づいて立ち上がろうとしたが、私は彼に手を振り、さっさとそこを後にした。彼に捕まったらそう簡単には逃げられない。そのときの私には、彼の長話に付き合っている余裕は全くなかった。

続いて私は、『ジェリー玩具店』に立ち寄り、トップ社製・野球カードの箱詰めセットを購入した。前年度分と前々年度分を、それぞれ一つずつである。ジェリー夫人がきれいな包装紙で、それらをていねいにくるんでくれた。

不揃いの文字で「ノーブル」と記された、灰色の郵便箱が見えてきた。少し前から小雨が降り始めていた。郵便箱の先でハンドルを右に切る。ティモシーの家に続く細い道は、すでにぬかるんでいた。私は彼の家の玄関先まで車を乗り入れブレーキを踏んだ。

私が車から降りる間もなく、着古した緑のジャージーに身を包んだペギー・ノーブルが玄関先に現れた。私の車が近づいてくるのを、家の中から見ていたようだ。すぐに彼女は右手の人差指を立て、真一文字に結んだ自分の唇にくり返し押し当てた。私は黙って頷いた。

私を中に招き入れると彼女はそっとドアを閉め、私の耳元でささやいた。「よくいらしてくださいました。ティモシーが今、眠っているんです。少し前までテレビの漫画を見ていたんですけど」

私は古い白黒のテレビセットに目をやった。そこからあまり離れていないところに車椅子があり、ティモシーはそれに座ったまま眠っていた。私は静かに車椅子に近寄り、彼の顔をできるだけ近くから見ようとして跪いた。

頭を後ろに倒し、口を半開きにして眠っている。こんなに小さな顔だったんだ。とてもハンサムだ。私は同じ姿勢で、彼の顔をじっと見続けていた。すると突然、彼の目がパッと開いた。

次の瞬間、彼は体を起こし、私に両手を伸ばしてきた。

「監督、来てくれたんだ！　ねえママ、見てよ！　ハーディング監督だよ！」

「ええ、そうよ。良かったわね」

私はもう、たまらなかった。私は身を乗り出し両腕で彼を抱きしめ、彼の頬に、そして額にキスをし、さらに抱きしめた。彼も私の首に両腕を回し、私の頬にキスをしてきた。「僕、分かってたんだ！　絶対来てくれるって！　絶対、絶対、来てくれるって！」

私は、涙でグシャグシャになった自分の顔を手のひらとジャケットの袖でぬぐい、きれいに包装された二つの箱を彼の目の前に差し出した。

彼はすぐに包装紙を破り、箱を開け、大声で叫んだ。

「ウワーッ！　ウワーッ！　ママ、見てよこれ！　野球カード！　こんなにいっぱい！　すごいよ！　あっ、ボビー・ボンズだ！　それからこれは……ウェイド・ボッグズ！　ウワーッ！　ありがとう、監督。ありがとう！」

「ティモシー、会いに来るのが遅くなってごめんな。でも病気だってことは、昨日まで知らなかったんだ。本当に知らなかった。野球が終わってからも、ときどき会いに来ればよかったんだけど、コンコードでまた仕事を始めてね。それがずーっと忙しくて……メッセンジャー先生が教えてくれるまで、何も知らなかったんだよ」

「メッセンジャー先生、僕がもうすぐ死ぬってことも言ってた？」

いったいどう反応したらいいのだろう。つらすぎる。しばらく間をおいて、私はただ頷いた。

彼は小さな手でブロンドの髪を撫で上げ、ニコッと笑った。

「でも、僕は願いが叶ったんだよ、監督。僕、神様に祈ったんだ。シーズンの終わりまで野球をさせてください、それからヒットを一本打たせてくださいって。それがどっちも叶ったんです。ありがとう、監督……それから……それから……ありがとう、神様」

そう言うと彼は、足全体に掛けられていた毛布の中に手を入れ、野球のグローブを取り出した。しかし次の瞬間、急にエネルギーレベルが降下したようで、徐々に目を閉じ、間もなく眠りに落ちた。

私は彼の腕をそっと叩いてその場を離れ、母親のいたキッチンに向かった。彼女はそのテーブルに忍耐強く座り、ティモシーと私による男同士のやり取りを一人離れて見守っていた。

「コーヒーが入っていますけど、いかがですか?」

「それはどうも。喜んでいただきます」

その小さなキッチンで、彼女の隣に座ってコーヒーをすすりながら、私はひどい無力感を味わっていた。何を話したらいいいんだろう。

あっ、そうだ。あれを忘れていた。私はジャケットの内ポケットからお金の入った茶封筒を取り出し、一度それを目の前のテーブル上に置いてから、彼女の前に静かに滑らせた。

彼女が私を見る。

「何なんですか?　これ」彼女が尋ねてきた。

私は彼女の手を取り、その手を茶封筒の上にそっと置いた。

「小さな失業補償、とでも呼ぶことにしましょう。いいですね?　何も言わないで!　お願いですから」

続いて私は、ジャケットの内側から小切手帳とボールペンを取り出し、彼女のために一枚の小切手を切った。

「それから、これをぜひ使ってほしいんです。好きなように使ってもらってかまいません。あなたとティモシーが、必要なものを何でも買うためのものです。それと……」私は財布から名刺を一枚抜き取り、その裏に自宅の電話番号を書き込んだ。「これが私の家の電話です。何かが必要になったときには、いつでも電話してください。いいですね？　約束ですよ。私がオフィスにいる時間帯には、こちらに掛けてください。表側に印刷してある、この番号に……いいですね？　あなたから電話があったときにはすぐに私に取り次ぐよう、手配しておきます」

彼女は椅子に座ったまま、完璧に混乱した顔つきで私を見つめた。

「私たちのために、どうしてこんなことまで？　私たちのことを、ほとんどご存じないというのに……どうしてなんです？　ハーディングさん」

「ノーブルさん……」

「ペギーと呼んでください。お願いします」

「それじゃ、ペギーさん……この夏の初めに、あなたのあの小さな子が私の人生の中に入ってきたとき、私は自分のその人生を、自ら終わりにしようとしていました。妻と息子を亡くして、生きる望みを完全に失っていたんです。私にとって、人生はもう何の意味もないものになっていました。でも、ティモシーの勇気と、汚れを知らない常に前向きな精神が、私のその絶望という暗闇を貫いたんです。

彼は私を絶望の底から引き上げ、私の人生に掛かっていた暗い雲を吹き払ってくれました。忘れていた微笑み方を、思い出させてくれました。すでに自分に与えられている数多くの恵みに気づかせてくれました。そして毎日の人生を、一日一日を、その都度精一杯生きるよう励ましてくれました。グランド上でのティモシーのプレーは、私たちの誰もが、あきらめることさえしなければ、様々な奇跡を起こすことができるんだということの見事な証明でした。

そうやってあの小さな子は、私に、もう一度生き始める勇気と、そのための方法を教えてくれたんです。彼はそうやって、私の人生、私の命を救ってくれたんです。私はそれにいったいどうやって報いたらいいんでしょう。私の命の値段はいくらなんでしょうか？　私の人生の中に新しい蠟燭《ろうそく》の光を灯してくれたティモシーに、私はどうやったらお返しができるんでしょう。そんなこと、何をどうやっても、絶対にできないんです！でも、せめて今の自分にできることだけでも……」

私は両手のひらで自分の顔を覆った。

「監督？……」

　ティモシーだった。いつの間にか目を覚ましていたようだ。私は椅子から立ち上がって彼のところまで歩いていき、床に座った。

「なんだい？　ティモシー」

「リックのために祈ったりすること、あるんですか？」

「ああ、いつも祈ってるよ」

「僕のためにも祈ってくれる？　僕が死んだ後で……」

「当たり前じゃないか、ティモシー……リックのために祈るときには、必ずお前のためにも祈る……約束するよ」

　彼は頷いてニコッとした。

「それから、僕が生きているうちに、また会いに来てくれる？」

「もちろんだよ、ティモシー。何度でも来るよ。これも約束する」

　私はその約束を守った。私はその日以降、週に五、六回のペースで彼の家を訪ね続けた……感謝祭の日も……クリスマスにも……元旦にも……そしてバレンタインデーにも……。

15 絶対、絶対、あきらめない！……never, never give up!

ティモシー・ノーブルは四月七日に他界した。

彼の亡骸《なきがら》は、メープルウッド墓地内の、サリーとリックの墓からそれほど離れていない場所に埋葬された。

ある日私は、以前からの約束通り、ペギー・ノーブルを車に乗せて墓石会社の辛抱強いセールスレディーのところに連れていった。私からどんなサイズのどんな形の石を選んでもかまわないと言われていたにもかかわらず、最終的にペギーがティモシーのために選んだものは、ダークグレーの御影石でできた、オベリスク型の小さな石だった。

彼女はその石にこんな碑文《ひぶん》を刻ませた。

「ティモシー・ノーブル……一九七九年三月十二日生・一九九一年四月七日没……僕は、絶対、絶対、絶対、絶対、あきらめなかった！」

メモリアルデー[※11]の昼過ぎ、私はメープルウッド墓地を訪れ、サリーとリックの休息の

※11　メモリアルデー＝戦没将兵追悼記念日。五月の最終月曜

地に立つ赤い御影石の手前に、ピンクの薔薇で満たした枝編みのかごを静かに置いた。その後、そこに跪いて祈りを捧げてからゆっくりと立ち上がり、ティモシーの墓に向かうまでの間、どのくらいの時間が経過していたかは定かでない。

灰色の小さなオベリスクの前に跪き、私は手にしていた紙袋の中から野球のグローブを取り出した。それは、かつて私がティモシーにあげたもので、その数時間前に彼の母親から返してもらったものだった。私がそれを預かれないかと申し出ると、彼女は何も聞かず、黙って手渡してくれた。

私はそのグローブを両手で一度大きく広げてから、手の差し入れ口を下にして、墓石の前の芝生にそっと置いた。指の部分が天を指し、落ちてくるボールを今にもキャッチしようとしているかのようだ。あの小さな手が、今でもその中に入っているようにさえ思えてくる。

「ありがとう、ティモシー……俺の希望と勇気の天使でいてくれて……これからもずーっと大好きだからな。俺が息を一つするたびに、お前への借りが、どんどん増えていくよ」

私は今、一人書斎に座りこの物語を書き終えようとしている。今のこのときからちょうど三年後、野球シーズンたけなわの季節に、ボーランド町民は、新しい公立図書館のオープンを盛大に祝うことになるだろう。火事で焼失したかつての図書館跡にそれは建てられる。建設の手はずはすべて完璧に整い、あとは着工を待つだけだ。必要な資金は私がすべて工面した。

その図書館は「ハーディング・ノーブル公立図書館」と呼ばれ、カーペットが敷き詰められた玄関広間の壁には、二つの油絵……二人の小さな男の子の肖像画……が掛けられることになっている。

訳者あとがき

ある日の午後、妻が二階から真っ赤な目をして下りてきました。

「どうした？」

「十二番目の天使、なんでこんなに泣けてしまうんだろう。不思議な本ね。なんか心が洗濯されちゃったみたい」

少しして、同じ原稿を読んだ求龍堂の編集者、佐藤女史からＥメールが入りました。

「十二番目の天使、読みました。後半は泣きながら読んでおりました。来週の編集会議に企画を出してみます」

それから一週間後、求龍堂を訪れた私に彼女はこう言ってきました。

「編集会議で本の内容を説明しているときにも、涙ぐんでしまいました。原稿を読んで、社長も泣いたそうです。号泣だったみたいですよ。ほかにも泣いた社員がたくさんいるんです」

編集を担当してくれることになった深谷女史も、そのうちの一人でした。

「はい、私も泣いてしまいました」

そして、私もその点では負けていませんでした。原書を読んだときにも、訳している間にも、さらには訳文を手直ししている最中にも……。仕事柄、これまでいろんな本と接してきましたが、これほど繰り返し泣かされた本は記憶にありません。

著者のオグ・マンディーノは、一九九六年に他界するまでに十数冊のベストセラーを世に出し、総売上部数が三千五百万部を越すという大作家で、「この世で最も多くの読者を持つ人生哲学書作家」という称号を与えられています。

ただし、お読みいただいてお分かりのように、マンディーノの本は、本書も含めてほとんどが小説であり、彼はその中で、「人生とはこう生きるべきだ」といった類のことをクドクドと述べ立てたりは決してしていません。物語の中にすーっと読者を引き込み、より良い人生を生きようとする意欲と、そのための極意を、それとなく読者の心に植え付けてしまう。これがマンディーノの作品の最大の特徴かと思います。

私自身、彼の本を読むのは本書で六冊目になりますが、どの本をいつ読み返しても、いつの間にか自然に物語の中に引き込まれ、読み終えたときには心が洗われたような気分にさせられます。中でも本書は、小学四年のときに、現巨人軍監督の長嶋茂雄氏が鮮烈なプロ・デビューを飾るのを見て以来、一貫して野球ファンであり続け、自らも小学、中学、高校と野球に打ち込み、十年前までは草野球にも熱を入れていた私にとって、特に魅力的な一冊でした。

本書の米国での出版に際して、各界の名士たちから様々な賛辞が寄せられています。本を読んでの感想は人それぞれかと存じますが、参考までに、最後にそれらをいくつか紹介させていただいて、後書きとさせていただきます。

「オグ・マンディーノの耳に、神がまたもや素晴らしい物語を囁きかけてきたようだ」
（ラリー・ガトリン／エンターテイナー）

「人生、愛、そして勇気をテーマにした、とても特別な物語。オグ・マンディーノの『十二番目の天使』は、涙なくしては読めない感動の物語だ」（マーリン・オルセン／スポーツ・キャスター）

「私がこれまでに読んだ、最も感動的な本の一つ。落ち込んでいる人たちのすべてがこの本の『ネバー・ギブアップ精神』に触れたならば、この世界は幸せな人間で満ちあふれることになるだろう」（ノーマン・ヴィンセント・ピール／牧師、作家）

「野球への愛、思い入れ、友情、勝利の喜び、敗戦のくやしさ。『十二番目の天使』は、カリフォルニアで少年野球に明け暮れていた時代に、私を一気に運んでいった」（ジム・パーマー／野球殿堂に名を連ねる元大リーガー）

「マンディーノが巧みに語るこの物語は、私たちが自然に気に掛けたくなる愛すべきキャラクターたちで満ちている。この感動的な作品を通じて、彼は私たちに、人生とは、自分に与えられているものがどんなものであれ、それを用いて精一杯生きるためのものである、ということを教えている。と同時に、おそらく、天使たちは様々な形で常に私たちの周囲に存在すること、そして、それを認識することで、私たちはより強く、より前向きに生きられるようになる、ということを示唆してもいる」（ウィルミントン・ニュースジャーナル書評）

二〇〇〇年十二月

桜川村にて

坂本貢一

文庫版　訳者あとがき

今から二十年以上も前のことです。ある出版社の翻訳課に在籍していた私は、オグ・マンディーノの本を二冊(『十二番目の天使』は含まれていませんでした)立て続けに翻訳して、一気に彼のファンになりました。ただ、それらが出版されることはなく、とても残念な思いをしたものです。いつか独立したら、どこかの出版社に持ち込んで出してもらおう。そのとき私はそう心に決めました。

そして一九九七年、私は訳者として独立しました。インターネットで良さそうな本を見つけ出しては取り寄せ、版権が残っていることを確認したら翻訳して出版社に持ち込む、という新米翻訳家の活動が始まりました。翻訳課在籍中に訳したマンディーノの二冊の本のうちの一つは、すでに出版されていました。そこで私は残りの一冊を、新しく発掘した別の作家の本と一緒にプレゼンして歩いたのですが、なぜか受け入れてもらえるのは別の作家の本ばかりでした。

しかし二年後の一九九九年、マンディーノのその本をようやくある出版社が受け入れてくれました。ただし売れ行きはいまひとつでした。でも私はオグ・マンディーノに魅せられていて、彼が本に込めたメッセージはきっと日本で受け入れられると信じていました。

そこで私は、まだ読んだことのない彼の本を数冊取り寄せ、それらを立て続けに読んでみました。その結果、特に大きな感動を覚えたのが『十二番目の天使』だったのです。他の本も、ときおり涙を誘う、心温まる素晴らしい内容だったのですが、『十二番目の天使』は別格でした。涙を誘われるどころか、号泣させられることになったのです。しかも読後感がこの上なく爽やかで、心が洗われたような思いでした。

続いて私は、この本をどの出版社に持ち込もうかと考えました。この本に一番興味を示してくれそうなのは、どこだろう。そう考えて最初に頭に浮かんだのが求龍堂でした。当時の社長をしていた田代さんとは旧知の間柄で、彼の素晴らしい人柄をよく知っていたことと、谷合さんはじめ編集部の皆さんの、仕事に取り組むひたむきで純粋な姿勢が決め手となりました。それまでに私は、求龍堂からも何冊かの訳書を出してもらっていました。

前の本で編集を担当してくれた佐藤さんに、さっそく原稿を送りました。するとあとは、単行本の訳者あとがきで紹介した〝涙の連鎖〟を経て、あれよあれよという間のベストセラー誕生となってしまいました。求龍堂がまさに社を上げて販促活動を推し進めてくれたのです。

田代社長と編集の深谷さん、そして営業の田中さんと一緒に都内の主要書店を挨拶回りしたときのことが昨日のことのように思い出されます。どの書店に行っても、『十二番目の天使』が平積みになって所狭しと並んでいました。読者の皆さまからは、おびただしい数の感想メッセージが寄せられました。「この本のおかげで、これからは希望をもって人生を送っていけそうです」等々のご感想をいただき、ありがたいを通り超えて、文字通り身の引き締まる思いをしたものです。中には、「これを読んで死ぬことを思いとどまりました」というお便りまでありました。当時はテレビのニュースショーで書籍売り上げランキングを毎日のように発表していたのですが、そのランキングで一位の座に延々とつき続けたりもしました。その年の末には五十万部突破の祝賀パーティーもありました。

あれからもう十七年になります。あの頃の私は五十一歳でした。今や十四歳と十一歳の孫娘がいて、二人とも『十二番目の天使』を読み始めたところです。まだまだ若いと粋がってはいますが、古希の訪れを間近に感じさせられることが何かと多いこの頃です。

そんな私のところに、深谷さんから『十二番目の天使』の舞台化が決まったことと、それに合わせて文庫本を出すことになったことを告げるメールが届きました。

うれしかったです。ありがたいことです。あらゆる方々に感謝、感謝です。

そしてつい先日、深谷さんから文庫本のゲラが届きました。修正する箇所があれば赤字を入れてほしいということでしたので、それをじっくりと読み返してみました。すると十七年前と同じように、またしても泣きながら読むことになってしまいました。そしてもちろん、心が洗われたような気分にもさせられ、一読者として、マンディーノの作家としての力量のすごさをあらためて認識させられることになりました。

「落ち込んでいる人のすべてがこの本の〝ネバーギブアップ精神〟に触れたならば、この世界は幸せな人間で満ちあふれることになるだろう」と評したのは、牧師で著名な作家でもあるノーマン・ビンセント・ピールでした。この書評に賛同する読者は、私以外にもたくさんおられるのではないでしょうか。

来年早々には舞台化され、そうそうたる俳優陣によってもこの本のメッセージが伝えられることになっています。はたしてどのような舞台になるのか、公演が待ち遠しくてたまりません。

那須高原にて

二〇一八年九月

坂本貢一

●著者紹介　オグ・マンディーノ　Og Mandino
1923年生まれ。世界中で最も多くの読者を持つ人生哲学書作家として知られる。米国屈指の講演家としても活躍。1968年、サクセス・アンリミテッド社の社長を務めるかたわら、『この世で最も偉大なセールスマン』(『地上最強の商人』日本経営合理化協会、『世界最強の商人』角川文庫)を執筆し、文壇にデビュー。以後、次々とベストセラーを世に出す。1996年に突然他界したが、いまだに着実に読者を増やし続けている。生涯で19冊の本を執筆。著書は、世界22か国で総売上部数が3,600万部を超える。他翻訳本に『この世で一番の奇跡』『あなたに成功をもたらす人生の選択』(以上PHP研究所)、『「奇跡」のレッスン 今日から理想の自分になる4つの法則』(実業之日本社)などがある。

●訳者紹介　坂本 貢一(さかもと・こういち)
1950年生まれ。東京理科大学理学部卒。製薬会社勤務、米国留学、ドラッグストア経営を経て、1990年より能力開発関連企業の国際事業部に所属して翻訳活動を開始、主として自己啓発書の翻訳に当たる。精神世界の研究にも携わり、1997年よりフリーの翻訳家、ライターとして活動。精神世界関連雑誌の編集にも携わる。『十二番目の天使』(求龍堂)、『「原因」と「結果」の法則』①〜④(サンマーク出版)、他、多数の訳書がある。

単行本　二〇〇一年四月　小社刊
（文庫化にあたり、訳者による追加訂正をいたしました）

十二《じゅうに》番《ばん》目《め》の天使《てんし》

発行日　2018年10月29日
著者　オグ・マンディーノ
訳者　坂本貢一
発行者　足立欣也
発行所　株式会社求龍堂
〒102-0094
東京都千代田区紀尾井町3-23文藝春秋新館1階
電話　03-3239-3381（営業）
03-3239-3382（編集）
http://www.kyuryudo.co.jp
印刷・製本　錦明印刷株式会社
デザイン　近藤正之（求龍堂）
編集　深谷路子（求龍堂）

Printed in Japan
ISBN978-4-7630-1827-4　C0097